단 한 번의 기회

단 한 번의 기회

초판 1쇄 발행 | 2016년 6월 20일
    3쇄 발행 | 2018년 5월 10일
지은이 | 이명랑
펴낸이 | 최윤정
펴낸곳 | 바람의 아이들
만든이 | 최문정 이창섭 이민영 양태종 이소희
등록 | 2003년 7월 11일(제312-2003-38호)
주소 | 서울시 마포구 동교로 17안길 43-4
전화 | (02)3142-0495 팩스 | (02)3142-0494
이메일 | windchild04@hanmail.net
제조국 | 한국
구독 연령 | 11세 이상

ISBN 978-89-94475-75-2 44800
    978-89-90878-04-5(세트)

「이 도서의 국립중앙도서관 출판예정도서목록(CIP)은 서지정보유통지원시스템 홈페이지(http://seoji.nl.go.kr)와 국가자
료공동목록시스템(http://www.nl.go.kr/kolisnet)에서 이용하실 수 있습니다.(CIP제어번호: CIP2016012956)」

단 한 번의 기회

이명랑 단편집

바람의아이들

차례

단 한 번의 기회

'자식을 바꿀 수 있을까? 나라면…… 절대로 바꿀 수 없다. 그러나 아빠, 엄마라면?'

나는 빠르게 주위를 훑어본다. 운동장을 둥글게 에워싼 광장식 계단을 꽉 메운 사람들. 대부분 오늘 테스트에 임하는 아이를 자녀로 둔 부모들이다. 열심히 자녀들을 응원하는 어른들 사이에서 나는 아빠, 엄마를 찾아 두리번거린다. 아무리 찾아도 없다고 생각한 순간, 차가운 은빛으로 빛나는 안경이 눈에 들어온다. 아빠다. 아빠 옆으로 엄마와 할아버지, 할머니도 앉아 계신다.

컥, 숨이 막힌다. 우리 가족이 앉아 있는 곳을 확인하자마자 누군가 목을 조르는 것처럼 숨이 막혀 온다. 흰 현수막 위에 금빛으로 화려하게 새겨진 글자들이 시야를 가득 메운다. VIP. 금빛으로 빛나는 VIP 글자들 옆으로 봉황 두 마리가 이제 곧 하늘을 향해 날아오를 듯이 날개를 펼치고 있다. 그 활짝 편 날개 옆에, 우리 가족은 앉아 있다.

어른들은 비좁은 자리에 앉아 서로 어깨를 부대끼며 자식들을 응원하다 말고 가끔씩 VIP석을 곁눈질한다. 대놓고 쳐다보지는 못하지만 이따금 VIP석에 앉아 있는 사람들을 훔쳐보는 사람들의 눈에는 부러움과 질투심이 묘하게 뒤섞여 있다.

'저기 앉아 있는 사람들은 어떤 사람들이지?'

'얼마나 돈을 많이 벌어야 VIP석에 앉을 수 있는 거야?'

'아들아! 봤지? 네 눈에도 저기 VIP석에 앉아 있는 사람들이 보이지?'

'너만이라도 제발 저 자리에 앉아 다오!'

사람들이 던지는 수많은 물음표들과 느낌표들을 아무렇지 않게 상대하며 허리를 꼿꼿이 세우고 있는 아빠와 엄마. 그리고 그 옆에서 아빠, 엄마보다 더 태연하게 발밑의 사람들을 내려다보는 할아버지와 할머니. 바로 내 가족이다.

'어른이 되면 나도 저 자리에 앉을 수 있을까? 앞으로도 나는 우리 가족의 일원일 수 있을까?'

"자! 전원 출발선 앞으로!"

사회자가 붉은 깃발을 번쩍 들어 올린다.

"와ー!" 하는 함성과 함께 수많은 아이들이 출발선 앞으로 달려간다. 나도 질세라 뛰어간다. 시작이 절반이다, 라고 아빠는 늘 말한다. 맞는 말이다. 시작에서부터 뒤처지면 절대로 따라잡을 수 없다.

나는 내 앞을 가로막고 달리는 아이들 두세 명을 어깨로 밀치며 앞으로 뛰어간다. 누군가 내가 했던 방식과 똑같은 방식으로 내 어깨를 밀치고는 빠르게 내 앞을 스치고 달려 나간다. 나보다 키가 머리 하나는 큰 녀석이다.

'누가 너 따위에게 질 줄 알고!'

나는 어금니를 악문다.

간신히 내 어깨를 치고 달려간 녀석보다 한발 앞서 출발선 앞에 도착했다. 다행히 정중앙이다.

"모두 집중! 첫 번째 미션이다! 참가 인원은 모두 100명, 카트는 50개! 먼저 뛰어가 카트를 잡는 사람만이 두 번째 미션에 참가할 수 있다!"

순식간에 사회자의 설명이 끝났다. 사회자는 번쩍 들어 올렸던 붉은 깃발을 밑으로 내리고는 출발선 앞에 서 있는 아이들을 둘러본다. 정적이 흐른다. 이제 저 붉은 깃발이 하늘을 향해 날아오르면, 운명이 결정된다. 앞으로 내게 남아 있는 생(生)이!

나는 주문을 외우듯 기억해야 할 사항들을 작게 웅얼거린다.

"카트는 50개······ 카트는 50개······ 카트는 50개······ 카트는 50개······."

승리의 주문을 외우며 카트들을 노려본다. 열 개씩, 다섯 줄이다. 내 눈은 운동장의 카트들과 출발선 앞에 서 있는 아이들을 빠르게 스캔한다. 내가 서 있는 곳은 정중앙! 양옆으로 멀찍이 서 있는 녀석들보다 내가 더 빨리 카트를 잡을 수 있다! 역시 시작이 절반이다!

나는 어금니를 악문다. 사회자가 움켜쥔 붉은 깃발을 노려본다.

'자, 어서 시작해! 빨리 깃발을 흔들라고!'

나는 좀 더 빨리 달려 나가려고 무릎을 굽힌다. 몸의 중심을 앞으로 이동한 채 숨죽인다.

"출발!"

붉은 깃발이 하늘로 날아올랐다. 나는 뛴다. 수많은 아이들이 뛴다. 나는 질 수 없다. 수많은 아이들이 나를 밀치고 뛴다. 나는 수많은 아이들의 어깨를 밀치고 뛴다. 누군가 넘어진다. 누군가 비명을 내지른다. 누군가 운동장 바닥에 나뒹군다. 그러나 나는 아니다.

나는 카트를 잡았다!

저기 봉황 두 마리가 날개를 펼치고 있는 곳에서, 누구나 다 우러러보는 VIP석에서 아빠, 엄마가 지금 내 모습을 지켜보고 있다!

나는 카트의 손잡이를 꽉 움켜쥔다. 내가 뛰어가야 할 곳을 노려본다. 그런데 카트를 잡지 못한 녀석들은 아직도 이리저리 우왕좌왕하고 있다. 그중에는 다른 녀석이 밀고 가는 카트에 치여 넘어진 녀석들도 있다. 넘어진 녀석들은 울상을 한 채 일어날 생각조차 하지 않는다. 낙오된 녀석들. 경쟁에서 뒤처진 녀석들. 이런 녀석들은 늘 똑같다. 투지가 없다. 패배와 실패를 고분고분 받아들인다.

'쳇, 한심한 녀석들!'

나는 휙 몸을 돌려 2차 미션이 시작되는 곳으로 달려간다. 나보다 머리 하나는 더 큰 녀석이 나를 향해 달려온다. 분명하다. 녀석은 내 카트를 뺏을 셈이다.

"카트는 50개…… 카트는 50개…… 카트는 50개…… 카트는 50개……."

나는 승리의 주문을 외친다. 승리의 주문을 외치며 녀석을 향해 카트를 밀고 돌진한다. 내 것을 빼앗으려는 사람은 그가 누구든 내게는 더 이상 사람이 아니다. 이 녀석도 내게는 성난 황소일 뿐이다. 나는 성난 황소를 향해 돌진한다. 카트를 밀고 돌진한다. 성난 황소는 내가 민 카트에 배를 맞고 뒹군다. 녀석이 몸을 추스르기 전에 끝장을 봐야 한다. 나는 넘어져 뒹구는 녀석의 손등 위로 카트를 밀고 지나간다. 녀석의 입에서 굉장한 신음이 터져 나온다. 나는 뒤돌아보지 않는다. 그대로 앞을 향해 뛰어간다.

"와! 와!"

사방에서 함성이 들려온다. 운동장을 둥글게 에워싼 원형 계단을 가득 메운 사람들, 앞으로 남은 생을 걸고 전력을 다해 테스트에 임하는 아이들을 자녀로 둔 부모들이 소리치고 있다. 그러나 카트를 잡지 못한 50명 아이들의 부모들은 일어나 소리치는 대신 비탄의 한숨을 내쉬고 있으리라.

"모두 집중! 두 번째 미션이다! 5분 안에 카트에 물건을 담아라! 어떤 물건이든 상관없다! 제한 시간은 5분! 단, 2만 원에 가장 근접한 금액의 물건을 담아 온 사람이 1등이다!"

사회자가 붉은 깃발을 번쩍 들어 올린다. 나는 운동장 한쪽에 마련되어 있는 진열대를 향해 달려 나간다.

"이건 내가 먼저 집었다고!"

두 명의 남학생이 방부제 섞인 햄이 잔뜩 놓여 있는 진열대 앞에서 싸우고 있다. 나는 빠르게 녀석들을 스치고 지나간다. 녀석들이 놓고 다투는 햄이 든 캔을 집어 카트에 담는다. 녀석들은 내가 햄이 든 캔을 가져간 줄도 모르고 계속 싸우고 있다.

'멍청한 녀석들!'

나는 다시 승리의 주문을 외우기 시작한다. 이미 획득한 카트는 빼고, 남아 있는 미션만 머릿속에 각인시킨다.

"제한 시간 5분! 2만 원! 제한 시간 5분! 2만 원! 제한 시간 5분! 2만 원!"

햄이 든 캔 옆으로 스모크 햄과 비엔나 햄, 떡볶이 떡, 고추장, 색종이, 스케치북, 딱풀 따위가 쌓여 간다.

"2만 원! 2만 원!"

나는 주문을 외치며 진열대들을 빠르게 훑어본다. 가능한 한 2만 원에 가까운 금액으로 장을 보려고 애쓴다. 그리고 하나 더! 카트에 담은 식품이나 물건들로 내가 무엇을 할 수 있을지도 함께 생각한다.

지금까지의 생은 언제나 똑같았다. 1단계 미션을 끝내면 2단계의 미션이 제시되었다. 2단계의 미션을 끝내면 반드시 3단계의 미션이 제시되었다. 지금 내가 내 남은 생을 걸고 임하는 이 테스트 역시 마지막 한 사람의 승자만이 남을 때까지, 몇 번이고 계속해서 미션은 제시되리라.

"10! 9! 8!……."

운동장을 둘러싼 원형 계단에서 카운트다운을 외치는 부모들의 목소리가 들려온다. 누가 먼저 카운트다운을 시작했는지는 모른다. 혹여 자신의 아이가 5분 안에 결승선 안으로 들어오지 못할까, 걱정이 된 부모 중의 한 사람이 실수인 듯 외치기 시작했으리라. 이제 카운트다운을 알리는 외침은 운동장을 집어삼키고도 남을 정도다. 내 자식이 승자가 되기를 염원하는 소리가 고막을 찢을 듯하다.

"5! 4! 3! 2! 1!"

나는 제한 시간 안에 결승선 안으로 들어왔다. 아주 간신히.

휴우- 카트 앞에 서서 가쁜 숨을 몰아쉬는데, 누군가 자신의 카트로 내 카트를 들이받는다.

'다른 자리도 많은데 대체 뭐야?'

나는 두 눈을 치켜뜬다. 그 녀석이다. 나보다 머리 하나는 더 큰 녀석. 내 카트를 빼앗으려고 나를 향해 돌진해 왔던 녀석. 내가 민 카트에 배를 맞고 운동장 바닥에 나가떨어졌던 녀석. 그러나 녀석은…… 카트를 밀고 와 내 옆에 서 있다.

나는 내 카트의 손잡이를 움켜쥐고 녀석을 노려본다. 녀석도 카트의 손잡이를 움켜쥐고 나를 노려본다. 카트 손잡이를 움켜쥔 녀석의 손등이 퍼렇다. 녀석의 눈빛만큼이나.

나를 노려보는 녀석의 눈빛, 성난 황소의 눈빛, 아니 한번 해보자는 눈빛, 아니 절대로 질 수 없다는 눈빛이 낯익다. 나도 모르게

16

소름이 돋는다. 나를 소름 돋게 하는 눈빛…… 그 앞에만 서면 늘 주눅이 들어 버리는 눈빛…… 아빠의 눈빛!

나도 모르게 VIP석에 앉아 있는 아빠를 올려다본다. 멀어서 아빠의 눈빛을 확인할 수는 없다. 그러나 아빠가 쓰고 있는 은회색의 안경은 언제나처럼 차갑게 빛나고 있다. 그 차가운 반짝거림이 나를 숨 막히게 한다.

'정말 자식을 바꿀 수 있을까? 나라면…… 절대로 바꿀 수 없다. 그러나 아빠라면?'

아빠라면 그럴지도. 아빠라면 '어쩌면'이 아니라 '확실히' 그럴 수 있다. 카트 손잡이를 움켜쥔 손이 덜덜 떨린다. 휴우― 크게 숨을 내쉰다. 그러나 생각은 멈추지 않는다. 아빠, 엄마 옆에 앉아 있는 할아버지와 할머니를 보는 순간, 희박한 가능성은 확신으로 변한다.

그래, 아빠라면 자식을 바꿀 수 있는 이 **단 한 번의 기회**를 놓치지 않으리라! 할아버지와 할머니 역시 친자식을 버리고 아빠를 선택했으니까. 아빠, 엄마 역시 얼마든지 같은 선택을 할 수 있다. 그것이 좀 더 현명한 선택이니까!

언제부터 이런 법이 시행되어 왔는지 정확히 아는 사람은 없다. 계속 이어져 내려온 법이었고, 이 법을 지켰기에 우리나라는 강대국이 되었다. 이제 막 17세 생일을 맞은 청소년들은 고등학교 입학식을 앞두고 딱 한 번, 남녀를 불문하고 모두 나라에서 시행하는 테스트를 받아야만 한다. 정부는 아이큐 테스트에서부터 언어 능력, 수리 능력, 과제 집착력까지, 아이들이 가진 모든 능력을 테스트한다. 남자는 남자끼리, 여자는 여자끼리, 17세 생일을 맞은 아이들은 100명씩 이 운동장에 모여 테스트를 받아야만 한다. 테스트는 삼 일에 걸쳐 진행된다. 겨우 삼 일 동안의 테스트이지만 개개인의 성격이며 승부욕, 그 외 다른 능력들까지 모두 판가름할 수 있는 테스트이다. 삼 일 동안의 점수를 합하면 순위가 결정된다. 1등부터 100등까지.

함께 테스트를 받은 100명의 아이들, 그리고 그 아이들을 지켜본 부모들. 아이들의 순위가 매겨지면 부모들은 자녀를 선택할 수 있다. 상위 1퍼센트에 속하는 계층의 부모들이 먼저 자녀를 선택할 권리를 갖는다. 물론 자신의 자녀를 선택해도 좋다. 그러나 자신의 자녀를 선택하지 않고 더 우수한 아이를 선택해도 좋다. 이 순간의 선택으로 부모, 자식 관계가 성립되면 죽을 때까지 바꿀 수 없다. 설령 친부모라 해도.

삼십 년 전, 할아버지와 할머니는 친아들을 선택하지 않고 아빠를 선택했다. 자신의 아이가 속한 그룹에서 1등을 한 우수한 아이를. 아빠는 가끔 그날을 회상하곤 한다. 만약 그날 할아버지와 할머니가 자신을 선택하지 않았다면, 아빠는 지금도 극빈자로 살고 있었을 거라고. 아빠의 친부모는 극빈층이었으니까. 아빠가 아무리 뛰어난 능력을 갖고 있다 해도 극빈층의 부모는 자녀를 위해 해 줄 수 있는 것이 아무것도 없으니까.

'상위 1퍼센트에 속하는 부모야말로 상위 1퍼센트에 속하는 자녀를 키워야 해! 생각해 봐라! 상위 1퍼센트에 속하는 뛰어난 아이들이 못난 부모 밑에서 고생하다 그 빛나는 재능을 제대로 꽃 피워 보지도 못하고 극빈층으로 전락해 버리는 모습을. 이 나라가 지금처럼 부강한 나라가 된 것은 모두 **자녀선택권**이라는 법이 있기 때문이란다. 뛰어난 아이를 자식으로 선택하는 것! 그것이야말로 애국이다!'

어디선가 아빠의 목소리가 들려오는 듯하다. 확신에 찬 그 목소리, 조금의 망설임도 없이 상위 1퍼센트의 부모야말로 상위 1퍼센트에 속하는 자녀를 키워야 한다고 말하던 그 목소리!

신념에 찬 그 목소리가 정신을 번쩍 들게 한다. 나는 세차게 고개를 내젓는다. 머리를 흔들어 젖은 물기를 털어내듯 쓸데없는 불안과 잡념을 털어 버린다.

"자! 모두 집중! 이제 모두 차례로 줄을 선다. 자기 차례가 오면 계산대 위에 카트에 실은 물건들을 올려놓는다. 2만 원에 가장 가까운 사람이 1등이다!"

사회자가 붉은 깃발을 흔든다. 동시에 스무 명 남짓한 아이들이 계산대 앞으로 가서 줄을 선다. 5분 안에 결승선 안으로 들어오지 못한 아이들은 이미 탈락하고 없다.

어느새 나를 노려보던 녀석은 나를 지나쳐 사회자가 있는 쪽으로 가까이 가고 있다. 아직 2차 테스트는 시작되지 않았다. 그러나 녀석은 미리 좋은 자리를 차지할 속셈이다. 시작이 절반이다, 라는 사실을 저 녀석 역시 알고 있는 것이다.

'누가 너 따위에게 질 줄 알고!'

나는 서둘러 카트를 밀며 계산대로 뛰어간다. 계산대 위에 아이들이 올려놓은 물건들이 수북하다.

"일만팔천이백육십 원! 일만칠천삼백칠 원! 일만팔천구백이십 원! 일만이천육백 원!"

사회자가 물건 값을 소리칠 때마다 함성과 한숨이 동시에 터져 나온다. 2만 원이라는 금액에 좀 더 가까운 물건들을 가져온 아이의 입가에는 미소가 흘러넘친다. 그러나 그 미소는 곧 한숨과 울음으로 돌변한다. 자신보다 더 좋은 점수를 받은 아이가 나타나기 때문이다.

이제 곧 내 차례가 돌아온다. 나는 아빠와 똑같은 눈빛으로 나를 노려보던 녀석의 카트 안 물건들을 빠르게 훑어본다. 아무래도 불안하다. 녀석이 2만 원에 가까운 금액으로 장을 봐 온 것만 같다. 아랫입술을 잘근잘근 깨문다.

'녀석이 이기면 어쩌지? 앞으로 3차 테스트도 남아 있는데……'

녀석보다 높은 점수를 확보해야만 한다. 앞으로 있을 3차 테스트에서 녀석을 확실히 이기려면 앞서가야만 한다.

나도 모르게 아랫입술을 자근자근 깨문다. 순간 움찔하며 VIP석에 앉아 있는 아빠를 올려다본다. 휴우ー 다행히 아빠는 내가 아랫입술을 깨무는 모습을 보지 못했나 보다. 긴장하면 나도 모르게 아랫입술을 깨무는 버릇이 있는데, 아빠는 내가 아랫입술을 깨물 때마다 내 손등을 후려친다. 내가 아랫입술을 깨무는 것, 그것이야말로 나약함의 증거라는 것이다. 마음의 불안을 남 앞에 드러내는 짓은 절대로 하지 말라는 것이 아빠의 가르침이다. 휴우ー 나는 크게 숨을 내쉰다. 아랫입술을 깨물지 말아야겠다고 다짐하며 계산대 위에 내 물건들을 올려놓는다!

"일만구천구백삼십 원!"

사회자가 내 물건 값을 외친다. 입가에 미소가 번진다. 나도 안다. 이렇게 감정을 그대로 드러내면 안 된다는 것쯤은. 그래도 쉽게 미소를 거둘 수 없다.

내가 1등이다!

나는 보란 듯이 VIP석을 향해 손가락 두 개를 펴 보인다. 내가 승리의 V를 하늘 높이 들어 올리자마자 여기저기서 함성이 울려 퍼진다. 나는 보란 듯이 나를 노려보던 녀석을 향해 승리의 V를 들이민다. 녀석이 피식 웃는다.

곧 녀석의 머리 위에서 사회자의 목소리가 울려 퍼진다.

"일만구천구백칠십 원!"

녀석은 나 보란 듯이 손가락 두 개를 들어 올려 승리의 V를 내 앞에 들이민다. 이제 함성은 녀석의 몫이다. 녀석은 나를 누르고 1 등을 거머쥔다. 내 입가의 미소는 한숨으로 바뀐다. 나는 아랫입술을 잘근잘근 씹기 시작한다.

"집중! 모두 집중! 마지막 미션이다! 이제 15등까지만 저쪽에 마련되어 있는 천막으로 이동한다! 지금부터 호명하는 사람들은 각자 장 봐 온 물건들을 다시 카트에 싣고 천막으로 이동한다! 1등 12번! 2등 27번! 3등 95번……."

사회자가 제 번호를 호명하자마자 아이들은 급히 카트에 물건을 주워 담기 시작한다. 천막을 향해 뛰어간다.

'1등 12번! 나를 노려보던 녀석의 번호는 12번!'

나는 나보다 한발 앞서 뛰어가는 12번의 등짝을 노려본다.

'절대로 질 수 없어!'

나는 내 앞을 가로 막는 아이라면 누구든 서슴지 않고 카트로 밀어 버린다. 내 카트에 치인 녀석들이 뒤쫓아 온다. 나는 뒤돌아 보지 않는다. 내 눈은 오직 2차 테스트에서 1등을 거머쥔 12번이 라는 번호만을 노려본다. 12번은 벌써 제 번호가 크게 쓰여 있는 천막 안으로 뛰어 들어간다. 나는 서둘러 천막을 휘둘러본다. 12 번과 95번 사이에 27번의 천막이 있다.

천막 안에 작은 조리대와 싱크대가 마련되어 있다. 조리대 위에 스톱워치와 미션이 담긴 종이봉투가 놓여 있다. 나는 떨리는 손으로 종이봉투를 열어 본다.

카트에 담아 온 물건들로 요리를 만들어라!
제한 시간은 20분!

"좋았어!"

2차 테스트와 3차 테스트가 반드시 연관되어 있을 거라는 내 짐작이 맞아떨어졌다. 나는 카트에 담아 온 물건들 중에서 요리 재료로 쓸 수 있는 것들만 골라 빠르게 조리대 위에 올려놓는다. 조리대 위에 햄이 든 캔과 스모크 햄, 비엔나 햄, 떡볶이 떡, 고추장을 늘어놓고 먼저 냄비에 적당량의 물을 붓는다.

내가 만들 요리는 부대찌개. 이 요리라면 얼마든지 만들 수 있

다. 아빠는 상위 1퍼센트의 부모에게 선택되어 17세 때부터 고급
요리만을 먹으며 살아왔다. 환경오염 물질이 조금도 섞이지 않은
순수 백 프로의 유기농 채소만을. 그런데도 가끔 극빈층의 부모와
살 때 먹곤 했던 부대찌개를 직접 요리해 먹곤 한다.

"이것만은 끊을 수가 없다니까!"

손수 끓인 부대찌개를 한 숟가락 떠 입에 넣으며 흐뭇한 미소
를 짓는다. 그러나 곧 아빠의 미소는 화난 얼굴로 바뀐다.

"평생 이런 것들만 먹고 살았다면 난 벌써 성인병에 걸려 죽고
말았을 거야!"

그러고는 미션을 해치우듯이 후다닥 부대찌개를 먹어 치우고
는 자리에서 벌떡 일어나곤 했다. 물론 냄비 밑바닥에 남아 있는
방부제 섞인 햄들을 내려다보며 진저리 치는 것을 잊지 않았다.

째깍째깍째깍째깍ㅡ.

스톱워치의 시간이 빠르게 앞으로 달려 나간다. 옆 천막에서 칼
질 소리가 들려온다.

대체 12번은 무슨 요리를 만들고 있는 걸까? 칼질을 하는 것이
아니라 칼로 도마를 내려찍는 듯한 소리가 들려온다. 내 마음도
덩달아 급해진다.

"앗!"

방부제 섞인 사각형의 햄이 든 캔의 뚜껑을 따다 손가락을 베

였다. 휴지로 닦을 시간조차 없다. 나는 베인 손가락을 입으로 빨며 빠르게 칼질을 해 댄다. 큰 덩어리의 사각형 햄을 네모반듯하게 자르고 스모크 햄과 베이컨 햄을 아무렇게나 냄비 속에 붓는다. 마지막으로 떡볶이 떡을 넣고 고추장을 푼다.

'좋았어! 이제 잘 끓이기만 하는 거야!'

숟가락을 들고 한입, 국물 맛을 보는데, 천막 밖에서 "와—!" 하는 소리가 들려온다. 12번이 있는 천막에서 들려오던 칼질 소리가 들려오지 않는다.

'뭐지? 12번이 벌써 요리를 끝낸 거야?'

나는 불의 세기를 좀 더 강하게 한다. 내가 만든 부대찌개는 어쩐 일인지 끓을 생각을 하지 않는다.

째각째각째각째각—.

스톱워치의 시간이 제한 시간을 향해 빠르게 달려가고 있다. 나는 숟가락을 들고 내가 만든 부대찌개를 내려다본다. 방부제가 잔뜩 든 햄들이 나를 빤히 올려다본다. 어디에선가 아빠의 목소리가 들려오는 것만 같다.

"평생 이런 것들만 먹고 살았다면 난 벌써 성인병에 걸려 죽고 말았을 거야!"

1등을 하지 못한다면, 아니 상위 1퍼센트 안에도 들지 못한다면, 어쩌면 아빠는 나를 선택하지 않을지도 모른다.

어쩌면 나는 평생 이런 음식들만 먹고 살게 될지도 모른다.

어쩌면 옆 천막의 12번이 내 방과 내 침대와 내 욕실을 차지할지도 모른다.

"아니야! 절대로 지지 않아!"

나는 이제야 끓기 시작하는 부대찌개를 내려다본다. 냄비 밑바닥에 남아 있는 부대찌개 찌꺼기들을 내려다보던 아빠와 똑같은 표정으로 똑같이 진저리 치기 시작한다.

"동작 그만! 모두 천막 밖으로 나온다! 30초 안에 천막 밖으로 나오지 않는 자는 자동 탈락이다!"

나는 재빨리 불을 끈다. 아직 찌개는 다 끓지 않았다. 그래도 할 수 없다. 여기서 자동 탈락이라니! 나는 어금니를 악문다. 천막 밖으로 달려 나간다.

"뭐냐 너? 어디 쓰레기통에라도 빠졌다 온 거냐? 어휴, 냄새!"

등짝에 12번을 단 녀석이 부러 내 옆으로 와서는 코를 킁킁거린다. 나도 모르게 팔을 들어 올려 옷에서 무슨 냄새가 나나, 하고 냄새를 맡고 만다. 그랬더니 12번 녀석은 기다렸다는 듯이 인상을 쓰며 제 코를 싸쥔다.

"이게 진짜!"

하마터면 나도 모르게 12번 녀석을 향해 주먹을 날릴 뻔했다. 괜한 신경전이라는 것을 뻔히 알면서도 흥분해 버리고 만다. 다행히 내가 주먹을 날리기 전에 먼저 녀석의 입꼬리가 한쪽으로 말려올라갔다. 그 비웃음에 나는 번쩍 정신이 든다.

어느새 운동장 정중앙에 심사대가 마련되고 아이들이 만든 음식들이 번호표를 달고 천막에서 심사대 위로 옮겨진다. 내가 만든 부대찌개 옆으로 참치 김치찌개와 주먹밥과 계란말이 등등의 음식들이 놓인다. 뭐 대부분 엇비슷한 정도의 음식이다. 이 정도면 뭐 그렇게 나쁠 것 같지는 않다고 생각하는데, 12번 천막 쪽에서 "우와—!" 감탄사가 들려온다. 진행요원이 12번 천막에서 들고 나온 문제의 요리가 심사대 위에 놓인다.

'대체 뭐지?'

나는 고개를 길게 뺀다. 유리 접시 위에 울긋불긋 꽃이 피어 있다. 나는 좀 더 길게 고개를 빼고 문제의 요리를 살핀다. 잡채다. 잘 썰어 먹음직스럽게 볶아 낸 당근, 양파, 달걀지단이 노릇노릇한 당면을 꽃처럼 덮고 있다.

'세상에, 잡채라니! 20분 만에 잡채를 만들어 내다니! 그것도 5분 안에 장 본 재료들로 잡채를 만들어 내다니!'

나도 모르게 아랫입술을 잘근잘근 깨문다. VIP석에 앉아 있는 아빠를 올려다본다. 멀어서 아빠의 표정을 확인할 수는 없다. 그러나 아빠의 시선은 내가 아닌 심사대 위에 놓여 있는 잡채에 고정되어 있다. 나는 아빠를 바라본다. 마음속으로 외친다.

'아빠! 제가 만든 음식은 저 잡채가 아니라 부대찌개란 말이에요. 아빠가 이것만은 절대로 끊을 수 없다던 바로 그 부대찌개라고요!'

그러나 내가 아무리 절박하게 외쳐도 아빠는 내 마음의 소리를 듣지 못한다. 심사가 진행되는 내내 내가 만든 부대찌개라 아니라 12번 녀석이 만든 잡채를 내려다보고 있다.

"이제 3차 테스트 결과를 발표하겠습니다! 1등은 12번의 잡채! 2등은 27번의 부대찌개! 3등은⋯⋯."

내 귀에는 사회자의 말소리가 더 이상 들려오지 않는다.

'12번이 1등이라니! 내가 밀려나다니!'

더 이상 서 있을 힘도 없다. 이제 곧 3일 동안 치러진 테스트의 종합 점수가 발표되리라. 보나마나 12번 녀석이 1등이다. 보나마나 나는 2등 아니면 3등이다. 이제 곧 종합 순위가 발표되고, 상위 1퍼센트에 속하는 부모들이 먼저 차례대로 자식을 선택하게 되리라.

어디선가 아빠의 목소리가 들려오는 것만 같다.

'뛰어난 아이를 자식으로 선택하는 것! 그것이야말로 애국이다!'

신념에 찬 아빠의 목소리. 단호한 아빠의 목소리!

어쩌면…… 아빠는 내가 아니라 나보다 뛰어난 12번 녀석을 선택할지도 모른다. 생각만으로도 다리가 후들거린다. 발끝에서 시작된 떨림은 어느새 혈관을 타고 올라와 심장까지 전해진다. 나는 부들부들 떨며 12번 녀석을 바라본다. 내 시선을 느꼈는지 녀석도 고개를 돌려 나를 쳐다본다. 사냥감을 앞에 둔 맹수와 같은 눈빛으로. 아빠와 똑같은 눈빛으로.

'아빠는 과연 나를 선택할까? 만약에 아빠가 자신과 똑같은 눈빛을 가진 저 녀석을 선택한다면? 아니야, 그런 일은 절대로 없을 거야!'

그러나 생각은 어느새 나를 앞질러 달려간다. 내 책상, 내 침대, 내 방을 차지한 녀석의 모습이 눈앞에 어른거린다. 내 자리에 앉아 내 가족에 둘러싸여 밥을 먹고 TV를 보는 녀석의 모습이 현실인 양 생생히 전해진다.

"학부형들께는 이제 곧 100명의 학생들의 종합 순위표가 전해질 것입니다. 상위 1퍼센트의 부모님들께 먼저 자녀 선택의 권리가 주어집니다. 학부형들께서는 종합 순위표의 학생 이름 옆에 체크를 하시고 댁으로 돌아가시기 바랍니다! 자, 학생들은 모두 대기실로 집합하세요!"

머리 위에서 안내 방송이 흘러나온다. 아이들이 대기실로 이동하기 시작한다. 진행 요원들이 원형 계단 정중앙에 있는 VIP석부터 종합 순위표를 전하고 있다. 아빠가 이제 막 전해 받은 종합 순위표를 든 채 나를 내려다본다. 그러나 나와 눈이 마주쳤다고 생각한 순간, 아빠의 시선은 어느새 12번 녀석에게로 옮겨가 있다.

'아빠는 과연 내 이름 옆에 체크를 할까?'

'과연 나를 선택할까?'

*『마음먹다』(이명랑 외 5인 지음, 우리학교, 2012)에 실린 원고.

신
호

1

"제 머리가 심장을 갉아먹는데 이제 더 이상 못 버티겠어요."

지난 7일 고교 3년생 H군이 서울의 한 아파트에서 투신하여 목숨을 끊었다.

H군은 스스로 목숨을 끊기 직전 카카오톡으로 "제 머리가 심장을 갉아먹는데 이제 더 이상 못 버티겠어요. 안녕히 계세요. 죄송해요."라는 내용의 글을 어머니에게 보냈다. 곧이어 옷과 신발, 휴대전화를 가지런히 정리한 뒤 20층 아파트 옥상에서 몸을 던졌다.

H군은 명문 자립형사립고에서 인문계열 전교 1등을 할 정도로 뛰어난 성적을 유지해 왔으며 평소 교우관계도 원만했던 것으로 전해지고 있다. 우울증 상담을 받은 이력도 없었으며 학교폭력과도 거리가 멀었다.

따뜻한 심장 없이 손익과 효율…….

심장은 깔고 누워 있던 무가지를 접다 말고 잠시 동작을 멈췄다. 붙들린 듯 무가지의 한 면에서 시선을 떼지 못했다.

"따뜻한 심장 없이 손익과 효율만 계산할 두뇌만 남은 젊은이들은 옆에서 사람이 굶어 죽어도……."

심장은 기사를 읽다 말고 오른손을 뻗어 자신의 왼쪽 가슴에 올려놓았다. 빨지 않아 짜장면과 치킨 냄새가 잔뜩 배어 있는 바람막이 점퍼 밑에서 자신의 심장이 뛰고 있었다. 빠른 속도로 일정하게 그러나 살아 있다는 사실을 느낄 수 있을 만큼 생생하게.

심장의 입가에 엷은 미소가 퍼졌다.

"뭐, 나한테는 따뜻한 심장이 있는 셈인가?"

심장은 그렇게 하면 자꾸만 달라붙는 상념을 떨쳐 낼 수 있기라도 한 것처럼 서둘러 무가지를 반으로 접어 바람막이 점퍼 주머니에 쑤셔 넣었다. 5, 6교시를 땡땡이치고 부족한 잠을 잤으니 오늘은 배달 중에 조는 일은 없으리라, 안도하며 일어섰다. 기우뚱, 몸의 중심을 잡지 못해 옥상 난간을 붙들었다. 찬 바닥의 냉기가 뼛속까지 스며들어 심장의 직립을 방해했지만 심장은 언제나처럼 하늘을 향해 힘껏 가슴을 내밀었다.

아직 태양이 하늘에 떠 있을 때 태양을 향해 몇 번이고 가슴을 힘껏 내미는 것, 그것은 심장만의 독특한 에너지 충전 방식이었다. 심장은 두 눈을 감았다. 양팔을 활짝 벌리고 심장 가득 태양의 기운을 맘껏 흡입하기 시작했다.

그 모습을 지켜보다 두뇌는 심장을 향해 한 걸음, 어렵게 발을 떼었다. 다 쓴 배터리를 충전하듯 태양을 향해 한껏 가슴을 내민 심장의 모습에 두뇌의 가슴이 쿡쿡, 쑤셔 왔다.

'이것은 신호다. 내 심장이 아직 살아 있다고, 내게 신호를 보내오는 거다.'

두뇌는 금방이라도 저 태양을 향해 날아오를 듯 두 팔을 날개처럼 펼치고 있는 심장에게로 다가갔다. 뒤로 다가가 심장의 겨드랑이 밑으로 양팔을 넣어 와락 심장을 껴안았다.

"네 심장이 뛰고 있어."

"뭐, 뭐라고?"

심장이 몸을 뒤틀었다. 그러나 두뇌는 막무가내였다. 심장을 껴안은 손에서 힘을 빼지 않았다. 심장이 몸을 뒤틀수록 두뇌의 손은 더 세게 더 깊이 심장을 끌어안았다. 그러다 나중에는 아예 심장의 몸을 돌려세워 심장의 가슴에 뺨을 부비고 귀를 대었다.

"심장 뛰는 소리가 들려……."

두뇌는 숨조차 쉬지 않았다. 심장의 바람막이 점퍼 밑에서 일정한 간격으로 뛰고 있는 심장 소리를 들으려고 숨 쉬는 것조차 참고 있었다. 심장에게는 두뇌의 모습이 낯설면서 안쓰러웠다. 심장은 가만히 두 손을 뻗어 두뇌의 검은 머리카락들을 쓸어내렸다.

가능한 두뇌를 방해하지 않으려고 애쓰면서 우두커니 하늘의 태양을 올려다봤다.

얼마의 시간이 흘렀을까. 두뇌가 심장에게서 떨어져 나와 옥상 난간에 등을 기댔다. 몸의 중심을 조금만 잘못 잡아도 등 뒤는 바로 허공이다. 심장은 두뇌의 등 뒤에 도사린 허공에 약간의 불안을 느끼며 두뇌에게서 한 걸음 뒤로 물러섰다.

두뇌 같은 부류의 아이와 함께 마주 보고 서 있을 일이 뭐가 있을까, 생각하면서도 심장은 두뇌의 입술을 바라봤다. 꾹 다문 두뇌의 입술 사이로 이제 곧 흘러나올 말이 무엇일까, 궁금해하면서.

"하루에 한 번 네 심장 소리를 듣게 해 줘."

심장은 두뇌의 말을 이해하지 못했다. 두뇌처럼 머리가 좋은 부류는 늘 저렇게 알 듯 모를 듯한 소리만 지껄이는 걸까? 심장의 눈썹이 위로 솟구쳤다. 그러나 알아들을 수 있게 말해 봐, 라는 말은 하고 싶지 않았다. 왜냐하면 두뇌는 심장이 아는 사람들 중에서 가장 머리가 좋은 녀석이니까. 두뇌는 훗날 어른이 되었을 때, 신문이나 뉴스 등 온갖 매스컴에서 그 일거수일투족을 듣게 되는 사회 지도층의 한 명이 될 녀석이니까. 이 나라 사회 지도층이 대부분 그렇듯이 두뇌 역시 8세가 되어 브레인 칩을 이식한 수재 중의 수재이니까.

'그래, 내가 왜 저따위 녀석의 말을 듣고 있어야 하는 거지?'

심장은 홱 등을 돌렸다. 심장의 눈에 지상으로 내려가는 문이 보였다. 저 문을 열고 내려가면, 저녁 6시부터 9시까지의 짜장면 배달과 밤샘 야식집 치킨 배달이 심장을 기다리고 있었다. 문득, 심장은 궁금해졌다. 저 문을 열고 내려가면, 두뇌를 기다리는 시간들은 대체 어떤 모습일까?

'쳇, 뭐 어쨌든 나를 기다리는 시간들과는 다른 모습이겠지.'

심장은 서둘러 문을 향해 걷기 시작했다.

2

피시방의 모니터 가득 두뇌의 절규가 메아리쳤다.

"내 머리가 심장을 갉아먹고 있어!"

컴퓨터의 모니터가 쏟아 내는 푸른빛은 자주 깜빡거렸고, 그 깜빡임은 심장에게 두뇌의 심장박동 소리를 떠오르게 했다.

"만져 봐! 들어 봐!"

그날, 두뇌는 필사적이었다. 두뇌는 등을 돌리고 돌아선 심장의 앞을 가로막았다. 심장의 손을 움켜쥐어 자신의 가슴에 올려 놓았다.

"느껴지니?"

두뇌는 심장을 향해 힘껏 자신의 가슴을 내밀었지만 심장은 아

36

무엇도 느낄 수 없었다.

"들리니?"

두뇌는 심장의 머리를 끌어당겨 자신의 심장 뛰는 소리를 듣게 했다. 그러나 심장은 들을 수 없었다. 두뇌의 심장이 뛰는 소리를.

'심장이 뛰지 않다니…… 뛰지 않는 심장이 있다니…….'

심장은 두뇌의 심장 소리를 듣기 위해 집중했다. 숨을 참으며 눈을 감았다. 옥상 난간을 때리며 울부짖는 바람 소리도 멀찍이 물러나고, 머리 위에서 들려오는 두뇌의 절규도 사라지고, 오직 두뇌의 심장만이 머릿속을 가득 채웠다. 심장의 곤두선 신경이 두뇌의 살갗을 뚫고 미세한 실핏줄들로 둘러싸인 두뇌의 심장에 가 닿았을 때, 그제야 비로소 심장은 들을 수 있었다. 힘겹게 살아 있어, 아직 살아 있어, 흐느끼는 두뇌의 심장 소리를. 그러나 그 소리는 산소호흡기 밑에서 가까스로 숨 쉬고 있던 아버지의 마지막 숨소리를 닮아 있었다. 땅에 떨어져 말라 가는 낙엽이 발밑에서 으스러지는 소리 같던.

심장은 두뇌의 가슴에 귀를 대고 서서 애써 도려냈던 기억을 떠올리고 있었다. 평생 배달원으로 남의 밥을 배달하던 아버지는 인적이 드문 밤의 도로 위에서 하늘로 붕 날아올랐다. 아버지를 치고 달아난 뺑소니 차량은 잡지 못했다. 심장이 병원 응급실로 달려갔을 때, 아버지는 산소호흡기 밑에서 가까스로 숨을 내쉬고 있었다. 훅, 하고 불면 단번에 꺼져 버릴 것만 같은 촛불처럼 아버지는 위태로워 보였다. 심장은 있는 힘껏 아버지를 껴안았다. 그러나 그 순간, 아버지는 뭔가에 놀란 사람처럼 두 눈을 부릅떴고, 마지막 숨을 토해 냈다.

"컥."

산소 호흡기를 뚫고 나온 아버지의 마지막 숨소리. 그것이 심장이 들은 아버지의 마지막 유언이었다. 심장은 두뇌의 가슴에 귀를 대고 서서 아버지의 마지막 유언을 떠올리고 있었다.

그래서였을까? 두뇌가 심장을 향해 다시 한 번 "하루에 한 번 네 심장 소리를 듣게 해 줘."라고 했을 때, 심장은 이것은 두뇌의 마지막 유언이다, 라고 생각했다.

심장은 양팔을 뻗어 두뇌의 팔을 잡았다. 허리를 곧추세웠고 태양을 향해 내밀던 가슴을 두뇌를 향해 활짝 열어젖혔다. 두뇌는 나무가 뿌리를 뻗어 땅속 지하수를 빨아들이듯, 물 밖으로 던져진 물고기가 물을 찾아 헐떡거리듯, 심장의 가슴에 매달렸다. 살아, 펄떡거리는 심장박동 소리를 깊게 들이마셨다.

그런 뒤에야 두뇌는 흘러내린 안경을 콧잔등 위로 밀어 올리며 운동장을 내려다봤다. 두뇌의 시선이 가 닿은 곳에 교문이 버티고 서 있었다. 세상과 학교를, 성인과 학생을 나누는 경계선처럼 밖과 안을 구분 지으며.

"며칠만 더 버티면 저 문밖으로 나가겠지. 자신 있었어. 여덟 살이 되던 해에 브레인 칩을 머릿속에 집어넣을 땐, 그랬다는 얘기야. 나…… 더 이상은 버티지 못할 것 같아. 머리가 내 심장을 갉아먹기 전에 이걸, 내 머릿속의 브레인 칩을 빼 버릴 거야."

두뇌의 말이 심장의 귀에 날아와 박혔다. 두뇌의 입에서 나온 말은 단 한 마디도 심장의 귀를 스쳐 지나가지 않았다. 너무 높고 먼 곳에 있어 내 것이 될 수 있으리라 한 번도 상상해 본 적 없는, 희망이라고 불러도 좋을 그 무엇이 지금, 두뇌의 입에서 나와 심장의 귀를 채우고 있었다.

'브레인 칩을…… 빼 버릴 거라고?'

심장은 두뇌를, 아니 브레인 칩이 들어 있을 두뇌의 머리를 뚫어지게 쳐다봤다.

두뇌의 머릿속에 들어 있는 브레인 칩. 그것은 그저 작은 조각이 아니다. 한동네에서 태어나고 자랐어도 이 나라의 아이들은 8세가 되면 전혀 다른 두 부류로 나뉜다. 머릿속에 브레인 칩을 이식한 아이와 이식하지 못한 아이로. 그 뒤의 성장 과정은 판이하게 다르다. 브레인 칩을 이식한 아이들의 IQ는 평범한 사람들은 절대로 도달할 수 없을 정도로 높아지기 때문이다. 브레인 칩의 이식, 그것은 이 나라 모든 사람들이 꿈꾸는 미래이다. 그러나 평범한 사람들은 평생 벌어 저축을 해도 브레인 칩을 살 수 없다. 할

아버지 대에서부터 손자 대에 이르기까지, 삼 대에 걸쳐 계획해야 간신히 브레인 칩 하나를 손에 쥐어 볼 수 있다. 그럴 만한 가치가 있는 것이 바로 브레인 칩이다. 8세부터 성인이 되어 사회로 나가기 전까지, 브레인 칩을 이식한 아이들은 모든 시험에서 평범한 아이들은 흉내조차 낼 수 없는 뛰어난 성적을 거둔다. 대학 입학을 위한 시험이 있기는 하지만 그것도 어디까지나 브레인 칩을 이식한 아이들끼리의 승부다. 평범한 아이들은 대학 입학 시험을 치를 엄두조차 내지 못한다. 대학을 졸업한 뒤에도 마찬가지다. 취업 시험이 있기는 하지만 평범한 아이들은 이력서조차 내려 하지 않는다. 어차피 평범한 IQ를 가진 아이들이 브레인 칩을 머릿속에 넣고 있는 수재들을 이길 가능성이라고는 제로이니까. 이 나라의 모든 요직과 대기업의 문은 오로지 브레인 칩을 이식한 아이들에게만 열려 있으니까.

두뇌는 그 모든 것들을, 자신의 몫이 될 내일을 포기하려 한다는 말을 하고 있었다. 그래서 심장은 두뇌를 향해 자신의 가슴을 활짝 열어젖힐 수 있었고, 조금의 망설임도 없이 말할 수 있었다.

"그럼 네 머릿속의 브레인 칩은 나에게 줘."

'그래, 반드시 내가 갖고야 말겠어.'

심장은 세차게 고개를 내저었다. 자꾸만 감기는 두 눈을 부릅떴다. 시간은 벌써 오전 6시를 넘어가고 있었다. 어서 빨리 돈을 구할 방법을 찾아야만 했다. 브레인 칩의 이식에 필요한 비용은 오로지 심장 자신이 마련해야만 하니까. 두뇌가 심장에게 준 시간은 일주일, 일주일 안에 이식에 필요한 돈을 마련하지 못하면 두뇌는 혼자서라도 머릿속의 브레인 칩을 빼 버리겠다고 했다. 어디에 가서, 어떻게 빼낼 지는 말하지 않았다.

상관없다. 이미 두뇌의 약속을 받아 두었으니까. 이식에 필요한 비용만 마련해 오면 두뇌는 자신의 브레인 칩을 돈 한 푼 받지 않고 심장에게 넘겨준다고 약속했다.

피시방의 컴퓨터 앞에 앉아 있는 심장이 마우스를 클릭하는 횟수가 눈에 띄게 빨라졌다. 마우스를 클릭하는 속도가 빨라질수록 모니터의 인터넷 창도 빠르게 바뀌어 갔다. 뉴스 기사와 블로그와 카페를 훑는 심장의 눈은 점점 사냥꾼의 눈을 닮아 갔다.

"그래, 바로 이거야!"

심장이 내지른 소리에 졸고 있던 알바생이 카운터에 머리를 찧었다. 그 뒤 알바생이 심장의 자리로 가서 뒷정리를 하기까지는 대략 한 시간가량의 시간이 지나야 했다. 심장이 밖으로 나간 뒤에 알바생은 뒷정리를 하기 위해 심장의 자리로 갔고, 전원 버튼을 눌러 심장의 흔적을 지웠다. 알바생이 전원 버튼을 누르자마자 모니터 화면을 가득 채우고 있던 기사들이 암흑 속으로 빨려 들어갔다. 그것들은 전부 대포통장과 관련된 것들뿐이었다.

3

이 일주일 동안 아침마다 두뇌는 1교시가 시작되기 전에 옥상으로 올라갔다. 옥상 문을 열면, 아침의 태양이 심장을 달구고 있었다. 태양을 향해 가슴을 활짝 내밀고 있던 심장이 두뇌를 향해 돌아설 때면, 두뇌는 심장의 두 뺨이 붉게 상기되어 있는 것을 보았다. 지금 심장의 왼쪽 가슴 밑에 자리 잡고 있을 심장 역시 저렇듯 붉게 뛰고 있으리라, 두뇌는 심장의 가슴에 바짝 귀를 가져다 대곤 했다.

태양이 달구어 놓은 심장의 가슴은 매번 따뜻했고, 그 온기가 두뇌의 찬 뺨을 녹였다. 두근두근, 멀리에서 들려오는 심장박동 소리를 들으며 두뇌는 두 눈을 감곤 했다. 눈을 감고 심장 뛰는 소리를 듣고 있으면 이제는 잊어버린 과거의 시간들이 두뇌를 둥글게 감싸 안았다. 일요일 아침에 들려오던 성당의 종소리 위로 세발자전거가 골목길을 굴러가는 소리가 겹치고, 뒤이어 어린아이들의 웃음소리가 두뇌의 딱딱한 심장으로 스며들었다. 여섯 살 무렵이던가, 봄나들이를 갔던 한지 체험장에서 두뇌는 한지에 감물이 스며드는 것을 본 적이 있었다. 한지에 감물이 스며드는 것처럼 두뇌는 자신의 심장이 태양 빛으로 촉촉하게 젖어 들고 있다고 생각했다. 딱딱하게 굳어 물기조차 말라 버렸을 자신의 심장이 조금은 말랑말랑해진 것만 같은 느낌, 어쩌면 설레임이라고 불러도 좋을 두근거림이 두뇌가 귀를 대고 있는 심장의 가슴에서부터 시작되어 자신의 심장마저도 두근두근 뛰게 하고 있었다.

두근두근…… 두뇌는 이 두근거림을 기억하리라, 이 두근거림으로 오늘을 버텨 내리라, 결심하며 깊게 숨을 들이마셨다. 그런 뒤에야 심장의 가슴에 바짝 붙이고 있던 귀를 떼며 하늘의 태양을 올려다봤다.

그것이 이 일주일 동안 두뇌가 아침을 시작하는 방식이었다. 그러나 오늘, 옥상 문을 열자마자 두뇌를 맞이한 것은 양팔을 날개처럼 펼치고 있는 심장이 아니었다. 오전의 태양만이 곧장 두뇌의 두 눈을 파고들었다. 두뇌는 자신을 과녁 삼은 태양을 등지고 서서 두리번거렸다.

'심장은 왜 오지 않는 걸까.'

1교시가 끝나고, 2교시가 시작되려 하고 있었다. 두뇌의 이마에서 식은땀이 흘러내리기 시작했다. 수업을 빼먹다니, 두뇌는 크게 입을 벌리고 몇 번씩이나 깊은 숨을 토해 냈지만 조금도 진정되지 않았다. 초등학교에 입학해 고3이 될 때까지 두뇌는 단 한 번도 지각을 하거나 수업을 빼먹은 적이 없다. 언제나 같은 시간에 일어나 같은 메뉴로 아침 식사를 했고, 계절마다 똑같은 색상과 디자인의 옷을 입었다. 문제집이나 자습서를 고를 때는 누구보다 신중했지만 한번 선택하면 학년이 바뀌어도 늘 같은 출판사의 참고서를 고집했다. 옷을 고르거나 음식 메뉴를 고르거나 하는 등의 일상 속 작은 선택조차도 두뇌에게는 불필요한 시간 낭비였다. 최고의 성적을 얻기 위한 최상의 컨디션 유지, 그것이 두뇌가 공부 외에 신경 쓰는 유일한 부분이었다.

그러나 이 일주일 동안 두뇌를 온통 사로잡은 것은 동급생인 심장과 그의 심장박동 소리였다. 하루에 한 번 심장 뛰는 소리를 듣는 것만으로도 두뇌는 미약하게나마 아직 자신의 심장이 뛰고 있음을 느낄 수 있었다. 그러나 살아 펄떡거리는 심장 소리를 듣고 있으면 두려움이 온몸을 휘감았다.

이 미약한 두근거림마저도 이제 곧 멈추게 되리라는 사실을, 두뇌는 누구보다 잘 알고 있었다. 그것은 비단 두뇌만이 느끼는 두려움은 아닐 터였다. 8세가 되어 브레인 칩을 이식하고 10년 이상 지내 온 아이들이라면 누구나 느끼고 있지 않을까? 두뇌는 가끔 자신과 같은 부류의 수재들을 바라보며 고개를 갸웃거리곤 했다. 그러나 그 아이들 중 누구도 두려움을 내색하지 않았다.

두뇌 역시 내색하지는 않았지만 분명히 느끼기 시작했다. 왜 8세부터 브레인 칩을 이식하는지, 브레인 칩을 이식한 수많은 사람들 중에서도 왜 8세에 이식했던 사람들만이 최고 지도자가 되는지, 어째서 좀 더 이른 나이에 브레인 칩을 이식한 사람들이 뒤늦게 이식한 사람들보다 훨씬 뛰어난 건지.

8세에서 19세까지, 이 12년이란 기간은 어쩌면 심장이 딱딱하게 굳어 가는 데 반드시 필요한 시간이 아닐까? 12년 동안 서서히, 의식하지도 못한 사이에 우리들, 브레인 칩을 이식한 아이들의 심장은 굳어 가는 것이다. 시멘트를 부은 땅처럼 딱딱하고 견고하게. 틈이라고는 없이 견고하고 딱딱하게 굳은 심장, 그것이야말로 저 교문 밖 어른들의 세계에서 필요로 하는 유일한 심장이 아닐까?

두뇌는 자신의 심장이 있는 자리를 움켜쥐었다. 아직은 말랑말랑하리라, 아직은 두근거리고 있으리라, 애써 위로하며 두뇌는 굳게 닫혀 있는 옥상 문을 바라봤다.

'심장은 올 거야. 반드시 올 거야. 오늘이 내가 심장에게 브레인 칩을 주기로 약속한 바로 그날이니까.'

두뇌는 자꾸만 흘러내리는 이마의 식은땀을 손바닥으로 훔쳐 닦으며 옥상 난간에 등을 기댔다. 허리를 곧추세우지 않고 무엇인가에 느슨하게 등을 기대는 느낌…… 이런 것도 잊고 살았구나, 생각하며 두뇌는 옥상 바닥에 털썩 주저앉았다.

어느새 태양은 두뇌의 머리 위로 훌쩍 날아올랐다.

4

진동이 왔다. 문자메시지다. 심장은 문자메시지를 확인한 후 바람막이 점퍼 안주머니에 다시 휴대폰을 집어넣었다. 서둘러 오토바이에 올라탔다. 심장은 뒷자리에 24시간 배달, 웰빙 야식이라고 씌어 있는 야식통을 매단 오토바이를 타고 출근길 정체가 시작된 도로 위를 헤치며 앞을 향해 달려 나갔다. 심장은 지금, 아찔하리만치 빠른 속도로 달려 나가는 오토바이를 타고 돌이킬 수 없는 속도로 세상의 중심을 향해 나아가고 있었다.

'그래, 이제 마지막이다. 이번 한 번만 더 통장에서 돈을 인출하면 되는 거야!'

얼굴을 할퀴며 정면에서 달려드는 바람 소리조차도 심장에게는 응원의 함성으로 들렸다. 이 일주일 동안 브레인 칩 이식을 위한 비용을 마련하기 위해 심장은 뛰는 놈을 속이는 나는 놈이 되어야 했다. 돈을 마련할 방도를 찾기 위해 피시방의 컴퓨터 앞에 앉아 있다, 대포통장을 만들어 주면 통장 하나에 40만 원을 준다는 글을 발견했을 때, 심장의 머리는 빠르게 회전했다. 남의 명의로 된 대포통장을 필요로 하는 사람은 분명 사기꾼이었다. 사기꾼이 필요로 하는 통장이라면 사기 치는 데 사용될 게 뻔했다. 그런데도 심장은 날이 밝자마자 은행으로 달려갔고, 통장 5개를 만들어 다섯 명의 사기꾼에게 보냈다. 한 군데서 40만 원씩, 순식간에 200만 원이라는 돈이 들어왔다. 그러나 이식에 필요한 돈은 1,000만 원.

심장은 사기꾼들에게 보낼 통장을 만들며 체크카드도 함께 만들었다. 통장에 돈이 입금되거나 인출되면 심장의 휴대폰으로 바로 문자메시지가 오도록 설정해 놓는 것도 잊지 않았다.

'만약 이 대포통장이 사기 치는 데 이용되는 거라면? 사기꾼에게 속은 누군가가 멋모르고 이 대포통장에 돈을 입금한다면? 사기꾼들이 내 명의로 된 통장에서 돈을 빼내기 전에 내가 먼저 돈을 빼내자!'

그날 심장은 문자메시지가 오기를 고대하며 바람막이 점퍼 안주머니에 넣어둔 휴대폰을 만지작거렸다. 쩌르르, 진동이 전해져 왔다. 사기꾼들에게 통장을 보낸 지 반나절도 지나지 않아서였다. 죄의식과 두려움과 희망이 묘하게 뒤섞인 첫 진동의 감각이 사라지기도 전에 심장은 오토바이를 몰고 현금인출기로 달려갔다. 사기꾼들이 사기 쳐서 받아 낸 돈을 가로챘다. 그렇게 해서 요 며칠 동안 가로챈 돈이 거의 천만 원에 가깝다.

심장은 액셀을 쥔 손에 힘을 주었다. 출근하는 직장인들을 태운 버스들과 교복을 입은 학생들이 줄지어 서 있는 버스 정류장, 새벽부터 나와 폐지를 주워 돌아가는 노파가 끄는 리어카를 뒤로 하고, 심장은 달려 나갔다. 사거리의 신호등 너머에 현금인출기가 보였다. 정지 신호를 받아 기다리는 그 잠깐 사이에도 심장은 현금인출기에서 눈을 떼지 못했다. 브레인 칩 이식에 필요한 마지막 돈을 빼낼 수 있는 현금인출기, 심장에게 저 현금인출기는 길 잃은 여행자들에게 나침반 역할을 해 주는 북극성이자 조난 당한 난

파선을 안내하는 등대였다.

뿌와왕-.

정지 신호가 초록색으로 바뀌자마자 심장은 달려 나갔다.

'이제 브레인 칩은 내 거야! 마지막 돈만 찾으면 곧장 두뇌한테 달려가는 거라고! 두뇌의 머릿속에 든 브레인 칩, 그것만 갖게 된다면 나도 문을 열 수 있어. 그들만의 세계로 들어가는 열쇠를 이제 나도 갖게 된 거라고!'

오토바이를 세우자마자, 심장은 주머니에 쑤셔 넣고 다녀 챙이 반쪽으로 접힌 야구 모자를 눌러쓰고 현금인출기 앞으로 뛰어갔다. 체크카드를 넣고 비밀번호 네 자리를 누르는 동작에 망설임이라고는 없었다. 심장의 가슴은 일정한 속도로 오르내렸고, 머리는 그 어느 때보다 맑았다. 그러나 심장이 현금인출기에서 만 원짜리 33장을 꺼내자마자 뒷자리에 24시간 배달, 웰빙 야식이라고 씌어 있는 야식통을 매단 오토바이가 나동그라졌다. 쓰러진 오토바이를 뛰어넘으며 한 무리의 경찰관이 현금인출기 앞으로 달려들었다.

5

심장은 수갑 찬 손목을 내려다봤다. 차갑다는 느낌 말고는 아무것도 느낄 수 없었다. 이상하리만치 침착한 자신의 반응마저도 심장에게는 자연스럽게 느껴졌다. 그런 심장을 앞에 앉혀 놓고 형사들은 저희들끼리 농담을 주고받았다.

"이거 진짜 대단한 놈인걸?"

"사기꾼을 등쳐 먹을 생각을 하다니, 머리가 좋은 거야, 간이 배 밖으로 나온 거야?"

머리 위에서 들려오는 형사들의 웃음소리를 건성으로 흘려들으며, 심장은 주위를 빠르게 스캔했다.

'앞에 두 명, 오른쪽 어깨 너머에 한 명, 뒤쪽에 두 명, 출구까지는 30보에서 40보, 눈에 띄게 행동한다면 성공 확률은 제로이다. 그렇다면 어떻게?'

형사 앞에 앉아 고개를 푹 숙이고 있는 심장의 모습은 언뜻 보면 진심으로 죄를 뉘우치고 있는 듯 보였다. 그러나 심장은 두뇌의 머릿속에서 이제 곧 자신의 머릿속으로 자리를 옮기게 될 브레인 칩만을 생각하며 탈주를 계획할 뿐이었다.

심장은 고개를 들어 창밖을 내다봤다. 경찰서 창문 밖의 태양은 벌써 하늘 위로 높이 날아올랐다. 한 시간, 두 시간, 세 시간…… 어느새 저녁이 몰려오고 있었다.

그 몰려오는 저녁을 두뇌는 옥상 난간에 등을 기대고 앉아 올려다봤다. 이제 곧 주위는 짙은 어둠에 잠기리라. 몇 남지 않은 아이들마저 교문을 빠져나가면 어둠과 침묵만이 내 몫이 되리라. 여기 이 뛰지 않는 나의 심장처럼.

두뇌는 자신의 심장이 있는 자리를 가만히 움켜쥐었다. 아직은 미약하게나마 뛰고 있을 심장을 움켜쥐고 하늘의 중심을 응시했다. 몰려오는 저녁을 가르고 내일 아침이면 뜨겁게 날아오를 내일의 태양을.

'그래, 바로 내일이야. 저 하늘의 어둠을 가르고 내일 새 태양이 떠오르면 나의 심장은 완전히 굳어 버리겠지. 내일이 바로 내 생일이니까. 내일이 바로 내 머릿속에 브레인 칩을 집어넣은 지 12년이 되는 바로 그날이니까.'

두뇌는 느슨하게 등을 기대고 있던 옥상 난간을 짚고 일어섰다. 한 발만 내딛으면 그 앞은 바로 허공이다. 그러나 그 허공이야말로 두뇌에게는 마지막 남은 희망이었다. 자신의 심장이 멈추기 전에 살아, 펄떡거리는 심장을 몸에 지닌 채 온전한 자기 자신으로 남을 수 있는 유일한 희망!

두뇌는 마지막으로 한 번 더 옥상 문을 쳐다봤다.

"오지 않아도 괜찮아. 심장, 혹시 너한테도 이 소리가 들렸니? 머리가 심장을 갉아먹는 소리…… 이 소리가 네 귀에도 들렸던 거지?"

그렇게 말하는 두뇌의 입가에 엷은 미소가 번졌다. 만약 심장이 브레인 칩을 가져가겠다고 저 문을 열고 나타났다면, 두뇌는 자신의 차가운 뺨을 달궈 주던 심장의 따스한 가슴이라든지 그 가슴 밑에서 생생히 전해져 오던 생의 두근거림마저도 거짓이 아니었을까, 의심하며 심장의 가슴이 펄떡거리던 그 생생한 느낌을 애써 지워야 했을지도 모른다고 생각했다.

두뇌는 가만히 신발을 벗었다. 양말을 벗고 맨발로 땅을 딛고 섰다. 발바닥에 와 닿는 냉기에 진저리 치면서 그러나 그 생생한 감각에 못 견디게 고마워하면서 두뇌는 심장에게 마지막 문자메시지를 보냈다.

"나도 너처럼 살아 있을게. 고마워."

그런 뒤에는 흡, 숨을 들이마시며 어두운 하늘에 얼굴을 내민 달을 올려다봤다.

그 달을 경찰서 안에서 확인한 심장은 자세를 고쳐 앉았다. 수갑 찬 손목을 담당 형사 앞에 내밀며 화장실에 보내 달라고 보챘다. 담당 형사는 방금 끌려온 소매치기를 조사하는 중이었다. 담당 형사가 주위를 훑어봤지만 다들 각자의 업무에 매달려 있었다. 귀찮아하며 담당 형사는 턱짓으로 화장실을 가리켰다.

화장실로 걸어가는 그 짧은 시간에도 심장의 머리는 빠르게 회전했다. 수갑 찬 손목이 담당 형사의 눈에 잘 띄도록 애쓰며 걸었다. 담당 형사는 몇 초쯤 심장의 수갑을 바라보다 곧 소매치기에게로 시선을 거두었다.

한 걸음, 두 걸음…… 눈에 띄지 않게, 그러나 철저히 계산된 속도로, 심장은 아무도 눈여겨보지 않을 정도로 걸음을 빨리하며 그대로 경찰서를 빠져나갔다. 손목에 수갑을 차고 있었지만 누구 하나 심장을 눈여겨보지 않았다.

"내 거야! 그 브레인 칩은 내 거라고!"

경찰서를 등지고 대로로 나서자마자 심장은 이를 악물고 뛰었다. 아직 두뇌가 옥상에서 자신을 기다리고 있을지 확신할 수는 없었지만 심장은 뛰었다. 만약 두뇌가 약속 시간을 어겼다는 이유로 브레인 칩을 넘겨주지 않거나 다른 사람에게 돈을 받고 브레인 칩을 넘겨주려 한다면, 힘으로라도 두뇌를 제압하리라, 으르렁거리며 뛰었다. 숨이 가빠지기 시작했다. 저기 어둠 속에 우뚝 버티고 선 교문이 보였다.

저 문을 박차고 들어가기만 하면 바로 거기에 내 열쇠가 있어!

헐떡거리며 심장은, 브레인 칩을 손에 넣을 수만 있다면 이따위 심장쯤이야 터져 버려도 상관없다고 소리쳤다.

심장의 외침이 옥상 난간에 가 닿기 전에 두뇌는 이제 막 엄마에게 문자메시지를 보내고 전송 버튼을 눌렀다. 그런 뒤에 두뇌는 옥상 난간으로 올라가 양팔을 넓게 벌렸다. 사방에서 바람이 불어왔다. 뺨을 할퀴는 바람 사이로 어디선가 성당의 종소리가 들려왔다. 뒤이어 세발자전거가 골목길을 굴러가는 소리, 아이들의 재잘

거림이 이어지는가 싶더니 까르르, 하는 웃음소리가 가까이에서 메아리쳤다. 그제야 두뇌는 까르르, 하는 웃음소리가 누구의 것이었는지를 기억해 냈다.

'그랬나? 예전엔 내가 까르르, 하고 웃었단 말이지…….'

어느새 두뇌의 입가에 미소가 번지고 있었다.

두뇌는 양팔을 활짝 벌렸다. 하늘을 향해 넓게 펼친 날개 밑에서 두뇌의 심장이 뛰고 있었다. 빠른 속도로 일정하게 그러나 살아 있다는 사실을 느낄 수 있을 만큼 생생하게.

두근두근 두근두근…….

심장이 뛰는 소리, 살아 있다는 소리를 들으며 두뇌는 저 달, 밤의 태양을 향해 날아올랐다.

2, 3초도 지나지 않아, 두뇌의 날개가 추락하기도 전에 두뇌의 엄마는 아들이 보낸 문자 메시지를 확인했다.

제 머리가 심장을 갉아먹는데 이제 더 이상 못 버티겠어요. 안녕히 계세요. 죄송해요.

초등학교에 입학한 해에 바로 브레인 칩을 머릿속에 이식했던 두뇌의 엄마는 아들이 보낸 문자메시지를 두세 번 소리 내어 읽어 보았다. 한 자, 한 자 힘주어 읽어 보았지만 딱딱하게 굳은 심장은 문자 뒤에 숨겨진 의미를 해독하지 못했다.

"여보, 와서 이것 좀 봐요. 무슨 뜻일까요?"

어두운 하늘에서 손짓하듯 자신을 내려다보는 달을 향해 두뇌가 활짝 가슴을 열어젖힌 채 하늘로 날아오르던 그 순간, 두뇌의 엄마는 서재를 향해 걸어가며 나직이 남편을 불렀다.

그리고 몇 초 후에 두뇌의 아빠가 거실 문을 열고 나와 두뇌가 보낸 마지막 문자메시지를 확인하며 고개를 갸웃거릴 때, 심장의 사건을 맡았던 담당 형사 역시 고개를 갸웃거렸다. "이 녀석 왜 아직까지 안 돌아오는 거야?" 고개를 갸웃거리다 벽에 걸려 있는 시간을 확인하고 담당 형사는 악, 소리를 내며 자리를 박차고 일어섰다. 담당 형사의 엉덩이를 받치고 있던 의자가 바닥에 나동그라지며 요란한 소리를 냈다.

그보다 더 요란한 소리를 내며 심장은 옥상으로 나 있는 계단을 뛰어올라 갔다. 쾅, 소리와 함께 문이 열리자마자 심장은 옥상 난간으로 뛰어갔다. 난간 앞에 두뇌의 신발 한 켤레가 가지런히 놓여 있었다. 두뇌가 심장에게 마지막 문자메시지를 보낸 휴대폰과 함께.

"안 돼! 네 브레인 칩은 내 거라고, 내 거!"

심장은 옥상 난간에 매달리다시피 하며 저 아래, 어둠 속의 한 점을 내려다봤다. 두 눈을 부릅뜨고 응시했지만 새의 날개처럼 보이는 흐릿한 형체 말고는 아무것도 보이지 않았다.

심장은 가쁜 숨을 몰아쉬며 두뇌의 신발 옆에 놓여 있는 휴대폰을 집어 들었다.

'단축번호 1을 눌러 두뇌의 부모에게 연락하기 전에 먼저 계획을 세워야 해. 두뇌가 내게 브레인 칩을 주겠다고 약속했던 사실을 어떻게든 증명해야만 해.'

심장은 브레인 칩을 차지할 방법을 고심하며 두뇌의 휴대폰을 움켜쥐었다.

그 순간의 심장은 전혀 알 리 없었다. 자신의 심장이 조금도 뛰지 않는다는 사실을. 자신이 움켜쥐고 있는 휴대폰에 어떤 내용의 문자메시지가 남겨져 있는지를. 오직 남겨진 휴대폰만이 어둠 속에서 깜빡이며 두뇌가 심장에게 보낸 마지막 메시지를 전하고 있었다.

나도 너처럼 살아 있을게. 고마워.

전
설

*

　전설이 죽었다. 전설의 죽음은 일간지 사회면을 장식했고, 나는 E고의 교장이 책상 위에 펼쳐 놓은 조간신문 기사를 통해 전설의 죽음을 처음 접했다.

　"지난 8일 오전 9시쯤 C시의 한 빌라에서 불이 났다. 불이 나자 이모(17)양과 할머니(73)는 급히 집 밖으로 달려 나왔다. 할머니는 치솟는 불길을 바라보다 손녀 교복을 찾아온다며 다시 집 안으로 들어갔다. 손녀 이 양도 할머니가 나오지 않자 불길 속으로 뛰어들었다. 그 뒤 할머니는 교복을 찾아 뒷문으로 빠져나왔으나 이 양은 끝내 나오지 못했다. 소방관들은 이 양이 주방에 숨겨 있는 것을 발견했다. 이날 아침 이 양의 아버지는 공사 현장으로 일하러 나가 화재 당시 현장에 없었던 것으로 밝혀졌다. 이 양은 최근 E고등학교에 입학하면서 새 교복을 맞췄던 것으로 알려졌다. 이 양의 할머니는 E고등학교에 입학한 손녀를 위해 불길로 뛰어들었지만, 결국 이 교복을 입을 손녀는 불에 타 죽고만 것이다."

E고의 교장은 비서가 가져온 에스프레소 향이 희미해질 때까지 전설의 기사를 소리 내어 읽었다. 몇 번이고 소리 내어 읽기, 그것은 까다로운 사안이 생길 때마다 교장이 문제를 처리하기 전의 습관이었다. 교장은 몇 번쯤 전설의 기사를 소리 내어 읽다 커피 잔을 내려놓고는 수화기를 들었다. 전설의 반 담임을 호출했다.

"이 아이 혹시 기회균등전형으로 들어온 학생인가?"

교장이 탁자에 펼쳐 놓은 신문 기사를 가리켰다. E고의 교복을 입은 전설이 기사 속에서 미소 짓고 있었다. 담임은 안경을 추켜올렸다. 미간에 주름이 잡혔다. 담임은 죽어, 기사 속의 주인공이 되어 있는 전설을 뚫어져라 들여다봤지만 그 모습 어디에서도 가난의 흔적은 찾아볼 수 없었다.

"아무래도 그런 모양입니다."

담임은 교장의 시선을 피했고, 교장은 소파 깊숙이 파묻고 있던 허리를 곧추세웠다.

"언론은 다루기 마련 아닌가. 자네가 알아서 잘 준비해 주게."

교장은 잔에 남아 있던 커피를 단숨에 마시고는 결재 서류에 도장을 찍듯 탁자 위에 내려놓았다. 나가 보라는 뜻이었다.

담임은 교장의 말을 되씹었다. '언론은 다루기 마련 아닌가.' 교장의 그 말은 전설의 죽음이 E고에 어떤 악영향도 미쳐서는 안 된다는 으름장이나 다름없었다. 알아서 잘 준비해 달라는 그 말에는 또 어떤 의미들이 담겨 있는 걸까. 담임은 자신이 해야 할 일들을 머릿속으로 빠르게 계산하며 1학년 담당 교사들이 모여 있는 제1교무실로 들어갔다.

담임은 제일 먼저 전설의 출신 중학교로 전화를 걸었다. 담임 역시 C시 출신이었다. 담임은 이 나라의 모든 핵심 부서와 문화시설이 집중되어 있는 S시에 위치한 E고의 수학 담당 교사가 되면서부터 출신 지역인 C시와의 접촉을 가능한 피했다. 담임은 지우개로 지울 수만 있다면 C시에서의 과거를 말끔히 지우고도 남았을 사람이다. 전설의 출신 중학교 교장과의 전화는 불쾌했다. 담임은 C시와 다시 어떤 형태로든 접촉을 하게 만든 전설에게 은근히 부아가 치밀었다. 그래도 담임은 몇 군데 더 전화를 걸었고, 아직까지 남아 있는 C시에서의 인맥을 동원해 전설에 관한 새로운 정보들을 수집했다.

전설은 C시의 전설이었다. C시 출신으로는 십 년 만에 S시에 있는 E고등학교에 진학한 영재였다. 전설은 초등학교부터 중학교까지 모든 과목에서 만점에 가까운 점수를 받았으며 전 학년, 전 과목 내신 1등급으로 C시에서는 경쟁자를 찾아볼 수 없는 영재였다. 학과 성적만 우수한 것은 아니었다. 중학교 시절엔 철학연구 동아리를 조직해 매달 C시의 고아원들을 순회하며 철학 콘서트를 진행했다. 전설이 이끄는 철학연구 동아리는 인문적 교양을 쌓을 기회가 없는 고아들에게 배움의 진정한 가치를 일깨워 주었고, 무력감에 젖어 있는 C시의 청소년들에게 '희망'을 선물했다. 전설은 비교과 영역에서도 뛰어난 능력을 보였다. 매년 S시 주최로 열리는 전국 중·고교 사생대회에 나가 여러 번 수상했으며 초등학교 때부터 방과후교실에서 갈고 닦은 리코더 실력으로 S시 교향악단과 협연을 하기도 했다.

전설이 C시 출신으로는 십 년 만에 E고에 입학하자 교사들은 매 수업시간마다 전설에 관한 이야기를 해 댔다. 전설의 출신 중학교 후배들은 전설이 앉았던 교실 자리에 서로 앉으려고 다퉜으며 전설이 공부한 책이 무엇이었는지를 알아내기 위해 전설이 드나들던 학교 앞 서점에 앞다투어 찾아갔다. 전설의 공부법은 C시를 탈출해 S시의 E고로 갈 수 있는 유일한 길잡이가 되어 지금까지도 회자되고 있었다. 전설은 그야말로 전설이었다.

담임은 서류철을 뒤져 전설의 생활기록부와 입학전형 원서를 찾아냈다. E고는 겨우 C시 따위에서 전설이었다는 것쯤으로는 쉽게 들어올 수 있는 학교가 아니기 때문이다. E고는 이 나라의 유일한 특수목적고로 특정한 과목에 우수한 인재를 뽑아 육성하는 것을 목적으로 하는 학교다. 또한 이 나라에서 거주지와 상관없이 지원할 수 있는 유일한 고등학교다. 각 시의 아이들은 해당 거주지의 고등학교로 진학해야 하며 경제력의 차이가 학력의 차이로 이어지고, 학력의 차이가 신분의 차이로 이어지는 이 나라에서 E고의 입학은 '성공'이라는 문을 열고 들어가는 티켓을 손에 쥔 것과 마찬가지다. 이런 이유로 S시를 제외한 대부분의 시에 사는 사람들은 고등학교 졸업 후에도 출신 지역을 벗어나지 못했고, 부모들은 자녀를 E고에 진학시키기 위해 불법적인 행위도 서슴지 않았다. 기회균등전형이 그 대표적인 예였다.

"기회균등전형이라……."

담임은 전설의 입학전형 원서 한쪽에 굵은 고딕체로 표시되어 있는 기회균등전형이라는 낙인 위로 붉은색 원을 그려 넣었다.

*

전설, 그날 너는 교문 앞에 서서 오래도록 운동장을 바라보았어. 마치 네 앞에 네 눈에만 보이는 어떤 금이 그어져 있는 것만 같았지. 한 발만 내딛으면 바로 E고 안인데도 너는 그 한 발을 내딛지 못하고 가만히 E고를 바라만 봤지. 나는 농구대 위에 앉아 아이들이 사라져 버린 텅 빈 운동장에 대고 야호— 소리를 지르고 있던 참이었어. 내 외침은 늘 그렇듯 공기 중으로 흩어졌고, 나는 붉게 물드는 저녁 하늘이 이제 곧 불러들일 어둠이 무서워 두 팔로 내 어깨를 감싸 쥐고 있다 너와 눈이 마주친 거야.

너의 눈에 이제는 기억마저 희미해진 어느 도시의 모든 것이 담겨 있지 뭐야. 나는 깜짝 놀라 농구대에서 내려왔어. 네 시선을 의식하며 네 앞에 가서 섰단다. 너는 여전히 E고 교문 앞에 선 채로 망설였지. 네가 어찌나 망설이던지 나는 가능하다면 네 눈에만 보이는 금 밖으로 팔을 뻗어 너를 금 안쪽으로 끌어당기고 싶을 지경이었지 뭐야. 나 역시 내 눈에만 보이는 금 안쪽에 서서 그저 너를 지켜볼 수밖에 없으면서 말이야.

멀리에서 휘파람 소리가 들려왔어. 낮게 구슬프게 그러나 영원히 계속될 것 같은 휘파람 소리가 너와 나를 휘감았어. 휘파람 소리가 들려오자 너는 이제 막 꿈에서 깨어난 사람처럼 부르르 고개를 내젓더니 E고를 노려보며 주먹을 불끈 쥐더라. 그러고는 곧장 등을 돌려 달려가 버렸잖니.

나는 E고의 교문 안쪽에 서서 네 모습이 작은 점으로 사라졌다가 나중에는 아예 보이지 않을 때까지 지켜보았어. 한 번만이라도 좋으니 너를 꼭 다시 만나기를 기도하면서 나는 네가 사라져 버린 저 너머를 하염없이 바라보았단다. 그때만 해도 나는 전설 네가 우리 E고의 신입생일 거라고는 상상도 하지 못했으니까. 너는 아직 E고의 교복을 입고 있지 않았고, 너에게는 내가 떠나온 그 도시의 흔적 같은 것이 남아 있었으니까.

정말 그런 게 있는 걸까? 같은 부류의 사람들만 맡을 수 있는 냄새나 징후 같은 거 말이야. 너를 처음 본 순간, 너도 나와 같은 도시에서 온 아이라는 걸, 어쩌면 너도 나와 뼛속까지 똑같은 부류의 아이라는 걸 그냥 알아 버렸지 뭐야.

아직 입학식은 며칠이나 남아 있었고, 나는 올해의 신입생들에 대한 어떤 기대감이나 호기심도 없이 무료하게 학교 안을 배회했어. 어차피 똑같은 아이들일 테니까. 낮도 밤도 심지어는 아침의 태양조차도 나를 들뜨게 할 수 없는 네모난 시간 속에 갇혀 나는 부유하고 있었지. 그런데 전설, 네가 나타난 거야.

전설 너는 성골이 단상에 올라가 1학년 신입생 대표로 선서를 하는 내내 주위를 두리번거리지 않으려고 무던히도 애를 쓰더라. 잠시만 방심해도 네 눈이 너의 의지를 벗어나 제멋대로 움직일까 봐 겁을 집어먹은 사람 같았어. 그 순간 기억 너머로 사라져 버린 그 도시의 모든 것들이 내 앞에 모습을 드러냈지. 어쩌다 딸아이의 담임을 만나야만 할 때면 혹시라도 상황에 맞지 않는 말을 해 버리지는 않을까 굳게 입을 다문 채 눈만 꿈뻑거리는 부모들이 사는 도시. 음식점에 들어가 메뉴를 선택할 때도 가격과 양을 제일

64

먼저 고려하는 아내들이 득시글거리는 도시. 어쩌다 S시에서 찾아온 친구가 카푸치노를 주문하며 취향이라는 단어를 들먹거리면 취향이라는 단어가 불러일으킨 세련된 분위기에 금방 주눅이 들어 버리는 중년들이 날마다 성실히 일상을 꾸려가는 도시. 그 도시에서 태어나 자라온 나에게는 네 모습이 낯설지 않았어. 전설 네가 무엇을 두려워하는지, 왜 주눅이 들어 버렸는지 단박에 알 수 있었단다.

너는 주눅 들어 있었던 거야. S시 주요 인사들의 무표정과 E고 선배들의 미소와 네 주변 신입생들의 발랄함은 어딘지 어울리지 않는 것 같으면서도 완벽히 조화를 이루고 있었는데, 너는 그들의 몸에 밴 익숙함에 잔뜩 겁을 집어 먹고 있었잖니. 난 정말이지 그 모습에 홀딱 빠져 버렸지 뭐야. 입학식 날의 너는 10년 전의 내 모습과 거짓말처럼 똑같았거든.

그랬어. 나는 전설 너에게 빠져 버렸단다. 너에게서 눈을 떼지 못했지. 나의 하루 일과는 너에게 맞춰졌어. 나는 네가 학교에 오는 시간에 맞춰 농구대 위에 올라가 너를 향해 손 흔들었고, 네가 실내화를 갈아 신는 동안 네 자리로 먼저 가 너를 기다렸지. 수업 시간이면 너는 한눈 한 번 팔지 않았고, 네 교과서며 노트엔 어느새 시험에 출제될 만한 내용들이 빼곡히 들어찼어. 너는 체육이며 음악 시간에도 E고의 다른 어떤 애들보다 열심히 노력했어. 언제나 어금니를 꽉 악물고서.

전설, 너는 늘 종종걸음 치며 학교 안을 뛰어다녔잖아. 얼굴이 빨개질 때까지. 두 볼이 빨갛게 달아오른 줄도 모르고 뛰어다니는 너를 지켜보다 보면 나도 모르게 후후 웃음이 터져 나왔어. 내 눈에도 보였으니까. 전설, 네가 목표로 하는 곳이 어디인지 너무 뻔히 보였으니까. 어떻게 알았냐구? 그야…… 나도 그랬으니까.

너 혹시 기억나니? 어느 날 체육 시간이 끝나고 교실로 돌아왔더니 네 사물함의 문이 활짝 열려 있었잖아. 너는 얼음처럼 굳어버렸어. 핏기조차 사라져 버린 얼굴. 삼삼오오 아이들이 교실로 들어서기 시작하자 네 얼굴에 쫙 금이 갔지. 너는 네 앞에 서 있던 아이의 어깨를 밀친 줄도 모르고 뛰어가 네 등으로 사물함을 꽉 누르고 섰어. 거기서 뭐 해. 몇몇 아이들이 묻자 너는 너무 숨이 차서, 라고 과장되게 말하며 아이들에게 미소를 지어 보였어. 누군가 또 한 사람 나 말고도 너를 지켜보는 아이가 생긴 줄도 모르고 말이야. 그 아이의 눈에 너의 그 미소가 얼마나 어색하게 보였는지 전혀 짐작도 하지 못한 채.

수업이 시작되었지만 너는 몇 번이고 네 사물함을 돌아보느라 수업에 집중하지 못했어. 그러다 쉬는 시간 종이 울리자 너는 책가방을 들고 가 사물함 속에 들어 있던 물건들을 몰래 책가방에 쑤셔 넣었어. E고의 아이들은 절대로 가지고 다니지 않을 만한 물건들을.

사물함이 비워지고 네 책가방이 불룩해지자 너는 안도의 한숨을 내쉬었어. 그러고는 불룩해진 책가방을 네 자리로 옮겼고 점심을 먹기 위해 급식실로 달려갔어. 나 말고 누군가 또 한 사람, 이제 막 너를 지켜보게 된 아이, 네가 사물함의 문을 닫기 위해 뛰어가느라 어깨를 밀쳤던 아이, 모두가 성골이라 부르는 아이가 고개를 갸웃거리며 네 책가방을 열어 보기 위해 한 걸음, 너를 파멸로 이끌 첫 걸음을 내딛은 줄도 모르고 말이야.

만약에 시간을 되돌릴 수만 있다면, 그런 일이 가능하다면 그날로 다시 되돌아가고 싶어. 급히 뛰어나가느라 네가 미처 네 사물함의 자물쇠를 잠그지 않은 채 그저 문고리에 걸어 둔 날로 되돌아가고 싶어. 그래서 네 물음에 대답해 주고 싶어.

성골에게 쫓겨 농구대 밑으로 도망쳐 온 저녁, 너는 나를 찾으며 허공을 향해 물었잖아.

'누가 내 사물함의 자물쇠를 훔쳐 갔는지 넌 알고 있지? 대체 누구야? 말해! 넌 알고 있잖아!'

시간을 되돌려 문고리에서 흔들리던 네 사물함의 자물쇠를 온전히 그대로 놔두고, 그리고 나, 네게 대답하는 거야. 내가 그랬다고. 나는 그저 알려주고 싶었을 뿐이라고. 네가 얼굴이 빨개질 때까지 종종걸음 치며 뛰어다녀도 너는 처음부터 E고의 아이들

과는 다르다는 사실을 깨닫게 해 주고 싶었을 뿐이었다고 털어
놓고 싶어.

이젠 너무 늦어 버렸지? 너는 내게 왜 그랬느냐고 되묻지 못하
겠지? 너는 이제 E고의 전설이 되어 버렸으니까.

*

형사가 찾아왔다. 단도직입적으로 물었다.

"혹시 불이 이 양 아버지가 쓰는 방 쪽에서 시작된 것으로 추정
된다는 신문 기사는 읽어 보셨습니까?"

교장은 언제나처럼 무표정했다. 대답 대신 전설의 신문 기사를
뒤적이며 되물었다.

"기사에 그런 내용이 있었습니까?"

질문이나 질의 혹은 공격성 추궁에 대답 대신 상대를 향해 질
문을 던지는 것, 그것은 교장이 오래도록 이 자리를 지켜낸 그만
의 방식이었다.

"이상하지 않습니까?"

형사는 그날 이 양의 아버지는 아침 일찍 공사 현장으로 일하
러 나가 화재 당시 집에 없었던 것으로 밝혀졌는데, 어떻게 아버
지가 쓰는 방 쪽에서 불이 시작됐는지 이해할 수 없다는 말과 함
께 이양은 연기에 질식해 숨진 것으로 보이지만 정확한 사인은 부

검 뒤에야 밝혀질 것이며 어쩔 수 없이 탐문수사를 해야 한다는 설명을 덧붙였다.

"누가 일부러 불을 질렀다는 뜻인가요?"

무표정하던 교장의 얼굴에 불쾌함이 그대로 드러났다. 형사는 집단 따돌림이나 학교 폭력이 있었는지 여부에 탐문수사의 초점이 맞춰질 것이라고 답했다. 지나친 비약이라는 교장의 반발에 형사는 미리 준비해 온 듯한 말로 쐐기를 박았다.

"이웃 주민들 말로는 경제적으로 부유하지는 않았지만 세 식구가 단란하게 살아왔다더군요. 갑작스럽게 이 양이 죽어서 이웃들도 무척 안타까워하고 있습니다. 이 양은 그 도시에서는 그만큼 평판이 좋았던 겁니다. 학교 내에서 아무 문제가 없었다면 친했던 친구들에게 간단한 질문 몇 개 던진다고 딱히 문제가 될 것도 없지 않습니까?"

문제는 전설과 친했던 친구들을 선별하는 작업이었다. 형사가 돌아가고 교장은 전설의 담임을 호출해 선별 작업을 맡겼다. 담임은 반 아이들을 한 명씩 상담실로 따로 불러내 면담했다. 반 아이들 중 누구도 전설에 대해 알지 못했다. 전설의 친구 관계나 집안 사정이며 취미에 대해서는 물론이거니와 전설이 C시 출신으로 기회균등전형의 본래 취지대로 E고에 입학했다는 사실조차 아는 아이가 없었다. 반 아이들이 기억하는 전설의 모습은 일관됐다. 공부만 하는 아이. 이 나라의 유일한 대학인 S시의 E대학에 가기 위해 철저히 스펙 관리를 하는 아이. 그것이 반 아이들이 기억하는 전설의 모습이었다.

"우리 모두 대학에 가는 것이 목표라지만 전설 그 아이는 도통 무슨 재미로 사는지 모르겠어요."

마지막으로 면담을 받은 아이가 상담실 문을 열고 나가다 문득 생각났다는 듯이 담임을 뒤돌아보며 덧붙였다.

담임이 반 아이들과의 면담을 통해 얻은 것이 있다면, E고 내에 기회균등전형으로 들어온 아이들만의 모임이 있으며 전설이 그 모임에 소속되어 있다는 정보뿐이었다.

"기회균등전형이라…… 따로 모임이 있었단 말이지?"

담임은 면담을 위해 준비한 백지에 기회균등전형이라고 메모한 뒤 교장실로 향했다.

면담이 진행되는 동안 전설의 반 아이들은 호기심으로 두 눈을 빛내며 이제 막 면담을 끝내고 돌아온 친구를 맞이했다. 그 과정에서 전설의 죽음은 화젯거리로 떠올랐다.

"누군가 일부러 불을 질렀다는데? 형사가 찾아왔다나 봐."

"우리 중에 누가 전설을 죽였을 지도 모른대."

"누가?"

"그걸 알아내야지. 혹시 성골이 아닐까?"

반 아이들 중의 한 명이 성골의 이름을 입에 올렸고, 그때부터 이야기는 급물살을 타기 시작했다. 성골은 전설이 활동하는 봉사 동아리의 리더였다. 문제의 봉사 동아리는 E고 내에서도 소수의 아이들만이 활동하는 모임으로 신입 회원을 모집하는 광고나 그 어떤 모집 활동도 하지 않는다. 어떤 봉사를 하는지도 구체적으로 알려진 바가 없다. 그런데도 매해 신입 회원이 꾸려졌고 E고 내의 그 어떤 동아리들보다 막강한 파워를 자랑했다. 그도 그럴 것이 성골이 이끄는 봉사 동아리의 회원들은 S시의 정치, 경제, 사회, 문화를 주도하는 주요 인사들의 자녀들로만 구성되어 있기 때문이다. 회원들의 공통점은 모두 기회균등전형으로 E고에 입학한 특권층이라는 사실이다.

"그러니까 이렇게 된 거야. 기회균등전형으로 우리 학교에 들어온 애들 전부 실은 내로라하는 가문의 자식들이잖아. 원래 취지대로라면 소득 7분위 이하에 해당하는 저소득계층의 자녀가 서류평가와 면접을 통해 들어오는 제도이긴 하지. 실제로는 어디 그래? 기회균등전형이 상류층이나 사회 지도층 자녀의 입학에 악용되어 온 게 뭐 어제 오늘이냐? 다들 알면서도 모르는 척할 뿐이잖아. 기회균등전형으로 들어온 애들 대부분 부동산 시세가 20억 원 이상인 가정의 아이들 아니야?

"그건 그렇지. 올해 기회균등전형으로 들어온 K는 아버지가 정보통신 보안회사 대표라잖아. P는 할아버지가 W시멘트 대표이사고, Q는 어머니가 판사라며?"

전설의 죽음에서 시작된 이야기는 어느새 기회균등전형을 악용해 E고에 입학한 특권층 자녀들에 대한 비판으로 이어졌고, 누군가 "그런 아이들을 이끄는 리더가 바로 성골이잖아." 하고 운을 떼자 아이들은 다시 성골을 범인으로 하는 추리소설을 공동집필하기 시작했다.

전설의 반 아이들이 공동집필한 추리소설의 대강의 스토리는 이렇다. 성골은 E고와 같은 학교법인인 E유치원에서부터 E초등학교, E중을 거쳐 E고로 진학한 인물로 E고 내 특권층 중에서도 가히 성골이라 할 만하다. 성골들은 자기네들끼리만 어울려 다니다 대학에 가고, 그 인맥은 결혼으로까지 이어진다. 그런 성골이었으니 전설이 기회균등전형의 본래 취지에 의해 E고에 진학한 가난뱅이라는 사실을 알았을 때 어떤 심정이었겠느냐. 성골이 이끄는 봉사 동아리는 그야말로 E고의 얼굴이자 자존심이니, 진실을 알게 된 성골이 전설을 가만두지 않았으리라. 성골은 우리로서는 상상도 할 수 없는 성골 출신들만의 독특한 방법으로 전설을 죽음에 이르게 했으리라.

"그러니까 그 독특한 방법이 뭔데?"

누군가 물었지만 아무도 대답하지 못했다. 어려서부터 오로지

E고에 입학하기 위해 교과 영역뿐만 아니라 최근 사회적, 과학적 이슈에서부터 각종 연구 보고서까지 꿰뚫고 있어야 했던 E고의 영재들조차도 성골이 다른 계층의 아이를 죽음에 이르게 한 방식에 대해서는 상상조차 할 수 없었다. 그만큼 성골이 이끄는 봉사 동아리는 특별한 집단이었다.

*

전설, 그날 네 얼굴은 그 어느 때보다도 상기되어 있었지. 성골의 초대로 E고 깊숙한 곳에 위치한 봉사 동아리실에 갔던 날이었잖아. 성골과 함께 그곳에 들어서자 먼저 와 있던 아이들이 너를 맞이했어. 엔틱 테이블 위엔 너를 위한 다과가 준비되어 있었고, 성골은 너를 위해 의자를 끌어당겨 주었지. 모두 더할 나위 없이 친절했고, 꽃과 나비로 장식된 찻잔의 홍차가 식을 때까지 즐거운 대화는 계속되었어. 네가 그곳에 모여 있는 일곱 명의 회원들을 둘러보며 학기가 시작된 지 한 달이나 지났는데 어째서 이 자리는 비어 있었느냐고 묻기 전까지는 말이야. 성골의 왼쪽 눈썹이 보일 듯 말 듯 올라갔어. 네 앞에 앉아 있던 여학생이 네 쪽으로 쿠키 접시를 밀어 주며 다정하게 속삭였어.

"전설, 우린 오래도록 너를 기다려 왔어. 네가 지금 그 자리를 채워 줄 때까지."

여학생의 말이 신호였다는 듯이 모두 일어나 너를 둘러쌌어. 네 손을 테이블 위에 올려놓고 그 위에 다함께 손을 올리고는 외쳤어.

"전설을 위하여!"

너는 그 구호의 의미를 전혀 다른 뜻으로 해석했지. 환영 받고 있다고 믿었고, 네 뺨은 새로운 기대로 붉게 달아올랐잖아.

그날의 모임은 너를 중심으로 이루어졌어. 성골이 네게 자문을 구했을 때 네 표정이 어땠는지 아니? 단상에 불려 올라가 전교생 앞에서 표창장을 받은 사람 같았다니까. 성골은 네 도움이 필요하다고 했어. 이제 전설 네가 들어와 오래도록 비어 있던 빈자리까지 채워졌으니, 동아리의 취지에 걸맞게 봉사 활동을 시작하고 싶다면서 성골은 정중히 네 의견을 물었어. 아마 성골이 먼저 C시에서의 너의 활동에 대해 언급하지 않았다면 너는 망설였을지도 몰라. 성골은 네가 철학연구 동아리를 조직해 고아들에게 배움의 진정한 가치를 일깨워 준 일이며 리코더로 S시 교향악단과 협연을 했던 일까지 알고 있더라. 성골은 마치 오래 전부터 너를 옆에서 지켜본 사람처럼 굴었지. 성골이 너의 활약에 대해 끝도 없는 칭찬을 늘어놓는 동안 동아리 회원들은 탄성을 지르거나 손뼉을 치기도 하면서 너를 치켜세웠어. 회원들의 반응에 너는 손사래를 쳤지만 네 심장은 풍선이 공기로 부풀어 오르듯 자긍심으로 채워지기 시작했어.

"우린 섬세할 수가 없어. 경험이 없거든. 그런 점에서 전설 너는 우리에게 꼭 필요한 사람이야. 그들에게 도움이 되려면 어떻게 접근해야 할까?"

성골의 질문에 너는 곧장 대답했어. '희망'을 선물해야 한다고. 그 뒤로 너는 불우한 청소년들에게 '희망'을 선물하려면 어디에서부터 시작해야 하는지, 무엇이 필요한지에 대해 확신에 차서 이야기했어. 나는 네가 앉은 자리의 팔걸이에 걸터앉아 네 얘기를 듣고 있었는데, 네 입에서 C시의 후배들은 네가 앉았던 자리에 앉으려고 서로 다툴 정도라는 말이 튀어나왔을 때는 정말이니 깜짝 놀랐지 뭐니. 그쯤에서 그만두었으면 싶었는데, 너는 C시의 후배들은 지금도 네가 어떤 책으로 공부했는지 알아내기 위해 네가 드나들던 학교 앞 서점에 앞다투어 찾아간다는 얘기까지 해 버리더라. 지금도 그 장면을 생각하면 얼굴이 화끈거리는 것만 같아. 그럴 리 없는데도 말이야.

"그러니까 너는 C시의 전설이란 말이지?"

그렇게 묻는 성골의 목소리는 너의 혀를 마비시킨 쿠키처럼 달콤했지만 너를 제외한 동아리 회원들은 모두 알아챘어. 성골의 왼쪽 눈썹이 마치 낚싯바늘에 꿰인 것처럼 위로 추켜올라가 있다는 사실을.

봉사 동아리실에서 나올 즈음에는 네 머릿속엔 온통 한 가지 생각뿐이었지. E고의 특별한 아이들로만 구성된 봉사 동아리에 어울릴 만한 봉사 활동을 찾아보자. 너만 생각해 낼 수 있는 독특한 봉사 활동을 기획해 오자. 이 아이들에게 꼭 필요한 존재가 되어 이곳에 내 자리를 만들자. 너는 다짐하며 바삐 걸음을 서둘렀어. 그러느라 성골과 몇몇의 아이들이 너를 뒤따라오는 줄도 몰랐잖아.

운동장을 가로질러 가는데 뒤에서 누군가 네 이름을 불렀어. 어쩌면 이름이 아니라 그저 야! 하고 불렀는지도 모르겠다. 너는 골똘히 너만의 생각에 몰입하고 있던 터라 처음엔 그 소리를 듣지 못했어. 너를 부르는 목소리는 부드럽지만 목표물을 정확히 겨냥하고 있었고, 결국 너는 뒤돌아보았어.

"운동화 끈 좀 묶어 줄래?"

양옆으로 서너 명의 아이들을 거느린 성골이 오른발을 앞으로 내밀었어. 성골의 행동은 자연스러웠고, 너는 흔쾌히 성골 앞으로 가 무릎을 꿇었어. 무릎을 꿇은 채 성골의 운동화 끈을 묶고 있었지.

그 순간 네가 알던 세계는 쩍 소리를 내며 부서졌어. 하하하. 하하하. 네 머리 위에서 웃음소리는 영원히 계속되었고, 네가 눈을 들어 올려다본 그곳에는 너는 전혀 모르는 세계에 사는 아이들이 웃고 있었어. 터럭 한 올의 어둠도 없는 순진무구한 눈으로 너를 내려다보면서. 그들 뒤로 어떤 상징처럼 우뚝 서 있던 국기 게양대와 E고의 육중한 건물들이 미친 듯한 속도로 너를 향해 달려왔어.

"아악−."

너는 엉덩방아를 찧으며 뒤로 벌렁 넘어졌고, 네 뒤에 바짝 붙어 서 있던 나도 덩달아 쓰러졌단다. 그때 너의 등을 떠받치고 있던 나를, 그 느낌을 너는 훗날 '희망'이라 부르게 되었지.

*

전설의 발인 전날, 담임은 성골이 이끄는 봉사 동아리실을 찾았다. 정중앙에 자리 잡은 엔틱 테이블 주위로 일곱 명의 아이들이 앉아 있었다. 여덟 개의 의자 중 단 한 자리만이 비어 있었다. 담임은 그 빈자리에 눈길을 주지 않으려고 애쓰면서 입을 열었다.

"내일이 발인이다. 아무래도 너희 봉사 동아리가 학교 대표로 참석하는 것이 좋겠다. 참고로 밝히자면, 교장 선생님의 의견도 나와 같다."

담임은 간결하게 그러나 명확하게 학교 측의 의지를 전달했다. 담임이 자리를 뜨자 봉사 동아리실은 소란스러워졌다.

"왜 하필이면 우리가 가야 해? 어차피 전설은 우리와는 상관없는 아이잖아."

"전설의 장례식장은 C시에 있다면서? 누구 C시에 가 본 사람 있어?"

"노숙자들이 우글거리는 역 대합실도 C시보다는 낫다던데? 생각해 봐. C시에 가 있는 우리 모습을. 상상이나 할 수 있니?"

"우리가 장례식장에까지 찾아간다면 E고의 아이들 모두 전설이 우리 친구였다고 착각할 거야. 우리 스스로 전설이 우리의 일원이었다고 인정하는 꼴이잖아. 전설 따위와 얽히다니."

회원들이 내뱉는 말들은 전부 가시가 박혀 있었다. 나는 사방에서 날아오는 가시에 쫓기다 빈자리에 가서 앉았다. 전설이 나타난 뒤로는 처음 앉아 보는 내 자리였다.

성골은 여전히 침묵했다. 테이블 너머 빈자리, 내가 앉아 있는 자리만 뚫어져라 쳐다봤다. 사물 너머를 꿰뚫는 듯한 그 눈빛에 나는 움찔, 엉덩이를 들썩였다.

"이왕이면 눈에 띄는 편이 좋겠지."

성골은 요즘 E고에 떠도는 소문에 대해 설명했고, 회원들은 귀 기울였다. E고의 아이들이 공동 창작한 소문의 주인공은 성골이었으며 나머지 회원들도 소문과 무관하지 않았다. 회원들 모두 기회균등전형이라는 낙인이 찍혀, 죽은 전설과 얽히고 말았다. 한동안 의견 충돌이 있었지만 얼마 안 가 성골의 의견대로 전설의 발인에 맞춰 회원들 모두 장례식장에 가기로 결정했다.

"전설을 위하여!"

회의를 끝내며 회원들은 일제히 전설의 빈자리를 바라보며 구호를 외쳤다.

그날 급식 시간이 끝나기 전에 성골은 담임을 찾아가 발인 의식 때 전교생이 접은 노란 비행기를 날리고 싶다고 전했다. 담임은 기회균등전형자들로만 이루어진 봉사 동아리의 계획을 교장에게 전했다. '역시 남다르군.' 교장의 얼굴에 미소가 번졌다. 그 날 E고의 아이들은 노란 색종이 한 장씩을 받았고, 하교 전까지 전설의 책상 위에 놓인 상자에 각자 접은 노란 비행기를 집어넣었다.

아! 슬프도다

무상의 바람이 이렇게 불어 이제

고인은 세간의 인연이 다하였으니

해와 달이 빛을 잃고 천지가 어둠으로 덮혔습니다.

이제 어제의 꿈과 같은 몸은 버리시고

꽃이 맺힌 가지를 보고 봄이 온 것을 알고

뜨락에 뒹구는 한 잎의 낙엽을 보고

가을인 것을 아는 것과 같이

이렇게 왔다가 이렇게 가는 한 물건이 무엇이겠습니까.

아무리 세월이 흐르고 천지가 바뀌어도
변함없는 이 한 물건이 있으니
이 도리를 생각하고 깨달아 아미타부처님이 계시는
극락세계로 왕생하시옵소서!

발인 제문이 끝났다. 모두 일어나 두 번 절했다. 관이 움직였다. 성골이 제일 먼저 노란 비행기를 날렸다. 봉사 동아리 회원들도 뒤따라 상자 속에 손을 뻗어 노란 비행기들을 한 웅큼씩 집어 날렸다. 전설의 할머니는 곡하며 회원들에게로 뛰어갔다. 한눈에 봐도 무리의 리더임을 알 수 있는 성골에게로 가 덥석 성골을 끌어안았다.

"고맙다, 고마워."

그 모습은 E고의 봉사 동아리 회원들이 똑같은 교복을 입은 전설의 영정 사진을 들고 있는 사진과 함께 작게나마 모 일간지 사회면에 실렸다.

*

마지막으로 농구대 위에 올라가 본다. 이제 나의 시간은 얼마 남지 않았다. E고의 건물들과 운동장과 나무들을 휘둘러본다. 눈길 닿는 곳마다 너의 시간들이 스며 있다. 교문을 받치고 있는 담장이며 옥상 난간, 차갑게 빛을 발하는 수영장과 몇 대의 차들이 주차되어 있는 주차장에도 너의 흔적은 남아 있다.

'대체 누구야? 말해! 넌 알고 있잖아! 넌, 내 마지막 희망이라고!'

성골에게 쫓겨 이 농구대 밑으로 도망쳐 온 저녁, 너는 나를 희망이라 불렀지. 그날도 네 사물함엔 얼굴 없는 소녀의 사진이 들어 있었어. 소녀는 E고의 교복을 입고 있었는데 얼굴이 있어야 할 자리엔 눈, 코, 입 대신 C라고 씌어 있는 스티커가 붙어 있었어. 처음 그 사진을 봤을 때, 전설 너는 C라는 소녀가 바로 너 자신이라고 생각했잖아. 집단 따돌림. 학교폭력. 앞으로 너에게 가해질 부당함에 대해 상상하며 너는 부르르 진저리를 치다 보란 듯이 견뎌내 주겠다며 두 주먹을 불끈 쥐었지. 그것이 네가 C시 출신으로 E고에까지 올 수 있었던 유일한 수단이었으니까. 그러나 네가 이 농구대 밑으로 도망쳐 온 저녁, 너는 C라는 소녀가 너만은 아니었음을 알게 되었지. 그 사실을 알게 될 때까지 네 안의 어둠은 조금씩 몸을 부풀려 갔어. 매일 아침 네 사물함에 들어 있던 편지의 분량만큼, 딱 그만큼씩.

E고의 교복을 입은 소녀 C는 처음엔 질투의 대상이었다나 봐. 학업성적이 우수해서 모두의 주목을 받은 데다 유머 감각까지 뛰어나 인기가 많았다지. 소녀 C는 곧 성골들의 눈에 띄었고 '잘난 척'으로 찍히게 되었대. 시샘에서 시작된 배척은 신체적인 폭력으

로 발전해 나아갔어. 성골 무리는 소녀 C를 E고의 옥상으로 몰아 붙인 뒤 옥상 난간을 넘어가라고 시키거나 어둠이 들어찬 화장실에 밤새 가두어 두거나 수련회 밤에 죽지 않을 정도로 술을 먹이거나 겨울 밤 수영을 시키기도 했었다지. 학기 초에 실시되는 설문 조사서 항목 중, 함께 놀이공원에 가고 싶지 않은 친구 이름에 학년 전체가 소녀 C의 이름을 적는다거나 지하철 플랫폼에 붙들어 세워 두고 있다가 달려오는 열차가 머리를 부수어 놓기 전에 삶 쪽으로 다시 잡아당기는 일 같은 건 너무 잦아 헤아릴 수도 없었다고 해.

네 사물함 속 편지는 매일 아침 그렇게 소녀 C의 이야기들을 전해 주었어. 가끔 삼삼오오 모여 앉은 아이들 사이에서 소녀 C의 소문을 듣기도 했지. 배달되어 오는 편지와 E고 아이들의 입을 통해 알게 된 정보들은 차곡차곡 쌓여 갔고, 어느새 소녀 C는 네 안에서 분명한 존재가 되었어. 보이지는 않지만 확연히 느낄 수 있는 그 무엇.

훗날 너는 무릎 꿇고 성골의 운동화 끈을 묶어 주던 날을 회상하게 돼. 네가 올려다본 곳에서 너를 내려다보는 세계, 그곳의 관대한 멸시에 놀라 네가 뒤로 쓰러지던 날, 공중으로 슬며시 너를 들어 올려 네 등을 떠받쳐 주던 고독의 무게를 말이야.

성골은 네게 아무 위해도 가하지 않았지. 봉사 동아리 회원들 모두 네게 더할 나위 없이 친절했어. 그러나 매일 아침 한 통의 편지는 네 사물함 속으로 배달되어 왔고, 어느 덧 소녀 C의 이야기는 죽어, 소문 속에서만 살아가게 된 완전한 고독에 대한 이야기로 접어들고 있었잖니. 살아, E고의 멸시의 대상이었던 소녀 C는 죽어, E고의 아이들이 만들어 놓은 고독 속에 갇혀 버렸대. 소녀 C는 죽어서도 절대로 E고를 벗어날 수 없었대. 봉사 동아리실의 네 자리가 실은 소녀 C의 자리였다는 것과 십 년 전부터 그 자리의 유일한 주인은 소녀 C뿐이었다는 사실을 네가 알게 되었을 즈음에는 어느 덧 E고의 모든 아이들이 너를 멸시하게 되었어. 네 교실 자리는 소녀 C가 앉았었다는 소문의 자리로 바뀌게 되었잖아. 봉사 동아리실의 네 자리 옆으로 얼굴 없는 소녀의 마네킹이 자리 잡게 되었을 때, 너는 두 주먹을 불끈 쥐고 소리쳤어.

왜 이런 짓을 하느냐고.

봉사동아리 회원들 중의 누군가가 네 옆으로 가 너를 끌어안았는데 그 손길이 너무 다정해서 하마터면 너는 울음을 터트릴 뻔했지? 누군가 네 찻잔에 따뜻한 밀크티를 따라 주었고, 너는 간신히 울음을 참으며 찻잔을 들어 올렸어. 한 잔의 밀크티를 다 마실 때까지 회원들 모두 너를 기다려 주었어. 이윽고 네 흥분이 가라앉자 모두 일어나 너를 향해 엄지손가락을 치켜세우고 외쳤어.

"전설을 위하여!"

그제야 너는 그 구호의 진정한 의미를 알게 되었어. E고의 성골들이 왜 너를 봉사 동아리실로 초대했는지.

그 저녁 너는 E고의 어디에도 안전지대는 없다는 것을 깨달았어. 그러고는 이 농구대 밑으로 도망쳐 와 나를 불렀어. 소문은 거짓말일 뿐이야. 소녀 C는 죽지 않았어. 분명 어딘가 다른 곳에 살아 있을 거야. 너는 울며 소리쳤지. 너에게 나는 네 희망이라고.

마지막으로 농구대 위에 올라가 본다. 이제 나의 시간은 얼마 남지 않았다. 나를 부르던 너의 외침이 들려온다. 그래, 전설, 너는 나를 '희망'이라 불렀지.

그러나 나는 소녀 C.

진실을 알면서도 아무 말 하지 못하는 패배자.

지켜봐야만 하는 공범자.

죽어, 소문 속에서만 떠도는 자.

소녀 C는 절대로 E고를 벗어날 수 없대. 죽음도 소녀 C를 자유롭게 할 수 없었대. 딱 하나, 방법이 있기는 한가 봐. 더 이상 아무도 소녀 C에 대한 이야기를 하지 않게 만드는 거야. 어떻게? 새로운 소문이 소녀 C의 이야기를 지워 버리는 거지. 소녀 C는 소문 속에서만 살 수 있으니까.

이제 곧 너는 오리라. 너의 눈에 나는 무엇일까. 손을 편다. 가만히 얼굴을 만져 본다. 아무것도 없다. 오랫동안 나는 누군가의 눈에 내가 어떻게 보일지 걱정하지 않았다. 잊고 살았다. 나는 애초에 없었던 말. 그러면서도 늘 들어온 잔소리처럼 익숙한 부재.

시선 닿는 곳마다 붉게 노을이 진다. 이제 저 붉은 기운이 걷히고 하늘이 온통 캄캄해지면 네가 오리라. 나는 컴컴한 어둠이 불러들일 너를 기다리며 야호— 텅 빈 운동장에 대고 소리친다. 먼 곳의 어느 슬픔에서 시작된 어둠이 세상의 수많은 계단을 오르내리고 좁은 골목을 돌며 몸을 불려 내게 올 때까지.

두터워져 가는 어둠을 지켜보며 너를 기다린다. 컴컴한 운동장으로 흰빛의 그림자가 드리워진다. 교문에서 시작된 그림자는 점점 더 커지는가 싶더니 휘청휘청 걸어와 내가 앉은 농구대 밑에 자리 잡는다.

아직 몸을 떠난 지 얼마 되지 않은 너.

농구대에 등을 기대고 앉은 너.

먼 곳에서 소녀 C가 되어 돌아온 너.

너는 아주 먼 곳을 돌고 돌아와 나를 올려다본다.

네가 내 이름을 부르기 위해 입술을 동그랗게 벌린 순간,

나는 공기 중에 흩어진다.

오래된 나의 이야기가 이제 막 태어난 너의 이야기 속으로 빨려 들어간다.

그 안으로 들어가며,
너의 눈에 이제 나는 무엇일까.

*

전설의 장례식이 끝났다. 그로부터 며칠 후 E고의 봉사 동아리실에는 한 장의 사진이 걸렸다. 사진 속에서 회원들은 둘러싸듯 성골 주위에 몰려서 있고, 성골은 영정 사진을 들고 있었는데, 어찌된 일인지 영정 사진 속 E고의 교복을 입은 소녀의 얼굴에는 눈, 코, 입 대신 C라는 글자만 큼지막하게 자리 잡고 있었다.

너의
B

006

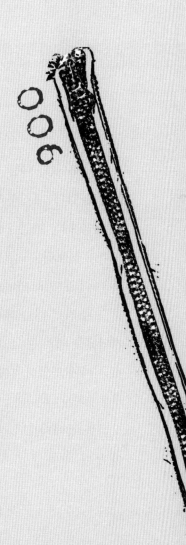

나는 B이다. 나는 너의 B. 나는 공장에서 태어났다. 태어나며 나는 들었다. 요란하게 끊임없이 울려 퍼지는 기계 소리를. 그러나 나를 깨운 것은 기계 소음 속에서 작고 여리게 들려오던 소녀 시마의 목소리.

"마이 보이(My Boy)!"

그 소리에 나는 태어났다. 태어난다는 것은 그런 것이다. 내가 태어났을 때 나는 소녀 시마의 미싱 위에 놓여 있었고, 내 앞에 소녀 시마가 있었다. 나를 내려다보던 소녀 시마가. 두 눈 가득 나를 채우고 있는 시마가.

나를 들여다보던 시마의 맑고 검은 눈동자에 어려 있던 빛, 마이 보이, 마이 보이, 작게 속삭이며 나를 어루만지던 그 순간 시마의 눈동자에 어려 있던 빛, 그 빛은 자부심이었다. 그리하여 나는 그 빛 속에서 태어났다.

"찾았다!"

너의 목소리에 나는 다시 태어났다. 나를 깨운 것은 너의 목소리, 너의 눈빛. 내가 다시 태어났을 때 나는 백화점 세일 상품 매대 위에 놓여 있었고 내 앞에 네가 있었다. 나를 내려다보던 네가. 두 눈 가득 나를 채우고 있던 네가.

세일 상품들 속에 짓눌려 있던 나를 들어 올려 어루만지던 너의 맑고 검은 눈동자에 어려 있던 빛, "찾았다, 드디어 찾았어!" 속삭이며 나를 어루만지던 그 순간 너의 눈동자에 어려 있던 빛, 그 빛은 기쁨이었다. 그리하여 나는 그 빛 속에서 다시 태어났다.

너는 나를 들어 올려 판매원에게로 갔고, 허락을 구한 뒤에 내 몸을 옥죄고 있던 비닐 포장을 벗겨 냈다. 포장이 뜯겨지던 순간에 나를 휘감은 냄새와 공기. 무언가 달랐다. 시마의 미싱 위에서 느꼈던 것들과 무언가 달랐다. 정체를 알 수 없는 서늘함에 나는 몸서리쳤다. 훗날, 시간이 지난 뒤에야 나는 그것이 너의 도시의 모든 것이라는 것을 알게 되었다.

너는 네 팔을 나의 팔에 끼웠다. 오른팔부터 하나씩. 그리고 너의 어깨에 나를 걸치고는 거울 앞에 가서 섰다. 너는 전신거울에 비친 너의 모습을, 나와 하나가 된 너를 들여다보았다. 너와 함께 나는 나를 보았다. 나는 온통 검은빛. 검은빛 속에서 나의 왼쪽 가슴에 아로새겨져 있는 은빛 로고만이 빛나고 있었다. 시마가 새겨 놓은 나의 이름. 마이 보이, 마이 보이, 어디선가 시마의 목소리가 들려오는 듯 했다. 너는 거울 앞에 서서 오른손을 들어 올려 나의 오른팔 밑에 새겨져 있는 번호를 들여다봤다. 006. 나는 아직 알지 못했다. 내 몸 한구석에 문신처럼 아로새겨져 있는 006이라는 번호의 의미를. 이제 너는 다시 들어 올렸던 오른손을 내리고 이번에는 가만히 두 손을 앞으로 가져와 너의 가슴을 감싸고 있는 나의 가슴을 오래도록 어루만졌다. 너의 손길에 나는 부풀어 올랐다. 텅 비어 있던 나의 두 팔은 너의 두 팔로 채워지고 밀봉된 비닐 봉투 속에서 잔뜩 움츠리고 있던 나의 가슴은 너의 자부심으로 턱없이 부풀어 올랐다. 그렇게 나는 너로 채워졌다.

너는 입고 온 옷을 종이가방에 넣고 나를 걸친 채 백화점 밖으로 걸어 나왔다. 너는 가슴을 내밀었다. 네가 한 발짝 내딛을 때마다 나는 조금씩 더 부풀어 올랐다. 네가 가슴을 내밀 때마다 나의 왼쪽 가슴에 아로새겨져 있는 은빛 로고는 더욱 빛을 발했다.

얼마의 시간이 흐른 것일까. 거리를 꽃처럼 수놓은 상점들과 의미를 알 수 없는 글자들을 가득 매달고 있는 간판들이 하나둘씩 뒤로 밀려나고, 네 앞을 가로막던 인파들마저 줄어든 뒤에 좁은 골목길들이 나타났다. 그 앞에서 너는 흡, 숨을 들이마셨다. 너는 싸우러 가는 사람 같기도 했고, 중대한 결정을 내린 사람 같기도 했다. 네가 한 사람이 겨우 통과할 수 있을 정도의 골목길 안으로 들어서자 익숙한 풍경이 나를 에워쌌다. 한 번도 본 적 없는 풍경, 미싱을 돌리던 소녀 시마의 이야기 속에서 걸어 나온 풍경이.

'오늘도 다섯 시 반에 일어났지 뭐야. 아침엔 정말 눈을 뜨기가 힘들어. 그래도 쓰레기를 주울 때를 생각하면 얼마나 행복한지 몰라. 하루 종일 쓰레기 자루를 어깨에 메고 돌아다녀도 내 차지로 돌아오는 건 작은 비닐 조각이나 플라스틱들뿐이었어. 양은 대야나 녹슨 자전거 같은 건 모두 어른들 차지니까. 하루 종일 쓰레기를 주워도 우리 식구들 한 끼 먹을 돈도 벌기 힘들었단다. 그런 날은 그나마 다행이지. 쓰레기 자루가 텅 비어 있는 날도 많았어. 마이 보이! 이렇게 미싱 앞에서 널 만들 수 있는 것만으로도 난 요즘 얼마나 행복한지 모른단다. 마이 보이! 어떤 사람이 너를 입게 될까? 너를 걸치기만 해도 그 사람은 행복할 거야. 하늘로 뛰어오를걸? 나도 너처럼 멋진 패딩 점퍼를 걸쳐 보고 싶어. 나도 너처럼 멋진 옷을 걸치고 학교에 가고 싶어······.'

시마의 목소리가 너의 목소리 위로 겹쳐졌다.

"할머니! 이게 바로 그거라고! 할머니! 이거 보이지?"

너의 목소리는 시마의 목소리처럼 들떠 있었다. 네가 비좁은 골목 끝에 있는 집의 녹슨 철제 문을 열고 들어갔을 때 꽁꽁 언 수도에 뜨거운 물을 붓고 있던 할머니는 내 가슴 위에 아로새겨져 있는 나의 은빛 로고를 올려다보며 덩달아 웃었다.

"할머니! 내일은 나도 이걸 입고 학교에 간다고!"

너는 흥에 겨웠고, 할머니는 너보다 더 흥에 겨워 앞니 빠진 잇몸을 다 드러낸 채 따라 웃었다. 그 들썩임에 나도 덩달아 한껏 부풀어 올랐다.

저녁이 되었고, 할머니는 작은 밥상을 방 안에 내려놓았다. 네가 밥을 한 숟가락 뜰 때마다 할머니는 그 위에 김치며 나물을 올려 주었고, 너는 밥을 먹으면서도 벽에 걸어 놓은 나를 올려다보았다.

"저게 그렇게 갖고 싶었냐?"

할머니가 네 엉덩이를 두드리자 너는 몇 번이고 고개를 끄덕였다.

"저게 뭐라고."

할머니의 말투는 퉁명스러웠지만 나를 올려다보는 그 눈빛은 너의 눈빛과 똑같았다. 밤이 되어도 너는 불을 끄지 않았다. 할머니가 몇 번 잔소리를 했지만 너는 고집을 부렸다.

"그냥 놔둬요, 할머니."

저게 뭐라고, 할머니는 쯧쯧 혀를 찼지만 불을 끄지는 않았다. 네 옆에 눕자마자 할머니는 곧 코를 곯았다. 그 옆에 누워 너는 밤이 깊도록 나를 올려다보았다. '마이 보이! 나도 너처럼 멋진 패딩 점퍼를 걸치고 싶어. 나도 너처럼 멋진 옷을 걸치고 학교에 가고 싶어……' 나를 올려다보는 네 눈빛이 시마와 똑같은 말을 하고 있어서 나는 내가 자랑스러웠다. '마이 보이! 어떤 사람이 너를 입게 될까? 너를 걸치기만 해도 그 사람은 행복할 거야. 하늘로 뛰어오를 걸?' 나를 올려다보는 네 눈을 들여다보면서 나는 저 멀리에서 미싱을 돌리고 있을 소녀 시마를 향해 말해 주었다. 그래, 네 말이 맞았단다, 시마야. 만약 시마가 내 말을 들었다면 살짝 얼굴을 붉혔을지도 모르겠다. 시마의 그 뺨은 얼마나 따스할까, 상상하다 너의 눈이 감길 때 나도 까무룩 잠이 들었다.

교문 앞에서 너는 흡, 숨을 들이마셨다. 너는 싸우러 가는 사람 같기도 했고, 중대한 결정을 내린 사람 같기도 했다. 너는 지나치다 싶을 정도로 가슴을 내밀었고, 나는 네가 한 걸음 앞으로 나아갈 때마다 나의 은빛 로고를 빛냈다.

"오, 보이ー!"

네 또래의 소년이 네 앞에 손바닥을 펼치며 너를 향해 보이를 외쳤다. 너는 그 소년의 손바닥에 네 손바닥을 부딪치며 소년과 똑같은 표정과 말투로 보이를 외쳤다. 그 뒤로 교실에 들어설 때까지도 같은 상황이 몇 번이나 계속되었다. 네가 교실에 들어서자 똑같은 머리 스타일에 똑같은 색깔의 옷을 입은 한 무더기의 소년들이 너를 돌아봤다. 그들의 눈길이 너의 가슴을 감싸고 있는 나의 은빛 로고에 와서 꽂혔다. 시마가 지금 이 풍경을 봤더라면 얼마나 기뻐할까. 나는 시마를 생각하며 나를, 내 가슴을 더 부풀렸다. 똑같은 머리 스타일에 똑같은 색깔의 옷을 입은 아이들 중에서 몇 명의 소년이 너에게로 다가와 너를 둘러쌌다. 너를 감싸고 있는 나의 팔이며 등을 두드려 보기도 하고, 지퍼를 내려 안감을 살펴보기도 했다. 몇몇의 소년들이 너와 손바닥을 마주치며 "오, 보이-!"를 외치는 동안 한 소년이 다짜고짜 너의 오른팔을 들어 올렸다. 그 소년은 너를 둘러싼 소년들에게 네 오른팔을 들어 보이며 "006이야!"라고 외쳤다. 그러자 분위기가 한풀 꺾였다. 방금 전까지 보이를 외쳐 대던 소년들 머리 위로 누군가 찬물을 끼얹은 것만 같았다.

무언가 잘못된 것일까.

나의 006은 무슨 뜻일까.

의심과 불안으로 나는 턱없이 움츠러들었다. 너는 자리에 가서 앉았고, 나는 보았다. 너를 둘러싼 수많은 나를. 이곳은 어디인가. 나는 혼란스러웠다. 너는 어제 분명 나를 입고 학교에 간다고 했다. 소녀 시마가 그토록 다니고 싶어 했던 학교. 쓰레기를 줍고 미싱을 돌리는 소녀 시마가 꿈꾸는 학교. 이곳이 학교인가. 시마의 이야기 속에서 걸어 나와 내 품속에 스며든 학교의 풍경은 이런 것은 아니었다. 나는 너와 함께 주위를 둘러봤다. 네 앞과 뒤와 주위로 수많은 내가 있었다. 한결같이 검은빛인 내가.

왜 하필 검은빛의 나뿐인가. 나는 시마의 공장에서 나와 함께 태어났던 수많은 나를 떠올렸다. 붉고 파랗고 노랗고 초록이던 그 수많은 색깔의 나는 왜 이곳에 없는가. 006, 007, 008, 009······ 왜 번호만 다른 내가 이곳을 가득 채우고 있는가.

의심과 불안은 커져만 갔다.

그러나 너는 자리에 앉아 다리를 앞으로 쭉 뻗으며 허리를 한껏 뒤로 젖혔고, 백화점에서 밖으로 걸어 나올 때와 똑같은 폼으로 가슴을 앞으로 내밀어 나의 은빛 로고를 빛나게 했다. 몇 번인가 천장에서 노랫소리가 들려 왔고, 그때마다 책상에 엎드려 누워 있던 소년들은 잠깐 깨어나 말하고 웃고 뛰어다녔다. 너도 그들과 함께 있었다. 너는 똑같은 색깔의 패딩 점퍼를 입은 소년들 무리 속에 끼어 웃고 떠들며 나의 은빛 로고를 자주 매만졌고, 그 손길에 내 안에서 커지던 의심과 불안은 조금씩 사그라들었다.

오후가 되어 소년들이 빠져나갔다. 몇 명의 소년들만이 교실에 남아 서로의 등과 팔을 툭툭 쳐 대며 웃고 떠들다 그나마도 시시해졌는지 교실을 빠져나가기 시작했다. 너는 한 소년과 같이 복도를 걸어가고 있었는데, 그 소년의 팔에도 나와 똑같이 006이라는 번호가 새겨져 있었다. 너는 그 소년에게 나에 대한 이야기를 들려주고 있었는데 너의 말에 귀 기울이던 소년이 갑자기 걸음을 멈추었다. 그 소년은 책상 서랍에 핸드폰을 두고 왔다며 서둘러 자리를 피했다. 너는 복도에 서서 그 소년을 기다리며 벽거울에 비친 네 모습을 들여다봤다. 너는 내 주머니에 손을 넣어 보기도 하고, 지퍼를 아래로 내렸다가 다시 위로 끌어올리기도 하고, 허리를 틀어 옆모습을 비춰 보기도 했다. 네 얼굴에 웃음기가 떠나지 않았다.

저쪽에서 말소리가 들려오는가 싶더니 곧이어 너보다 덩치가 큰 소년들 몇몇이 나타났다.

"오, 보이-!"

소년들은 너를 둘러쌌다. 너는 잔뜩 긴장한 채 눈을 내리깔았다.

"이거 얼마 주고 샀냐."

"006이네, 뭐."

"그래도 새로 샀나 본데?"

너를 둘러싼 소년들이 흥겨운 목소리로 "오, 보이-!"를 외치며 너의 등짝이며 팔을 두드려 댈 때마다 너는 움찔 놀라며 뒤로 주춤 물러섰다. "하루만 입자." 무리 중에 목소리가 제일 큰 소년이 한 팔로 네 어깨를 감싸 안았다. 그러자 너는 그 소년을 선배라 불렀고, 선배는 네가 몸을 뒤틀자 가만히 네 귀에 대고 말했다. "하

96

루만 입자. 내일 돌려줄게." 그 목소리는 다정했지만 거역할 수 없는 무엇인가를 품고 있었다. 너는 대답조차 하지 못했다. 몇 번인가 너를 둘러싼 덩치 큰 소년들을 힐끔거리다 스스로 나를 벗었다.

"내, 내일 꼭 돌려주셔야 돼요."

너는 나를 넘겼다.

선배는 나를 걸쳤다. 너는 소년들이 네 시야에서 사라질 때까지 꼼짝도 하지 않았다. 너는 나를 바라봤다. 조금씩 너에게서 멀어져 가는 나를, 하염없이, 물끄러미. 네 눈빛은 나를 비닐 포장에 넣을 때의 소녀 시마의 눈빛과 똑같았다. 그리하여 나는 너의 B가 되었다. 소년들은 학교 밖으로 나갔고, 나는 너에게서 멀어졌지만 네 눈빛은 나를 사로잡고 놓아주지 않았다.

나는 여전히 너의 B인 채로 선배와 함께 너의 도시를 휩쓸고 다녔다. 선배는 덩치가 엇비슷한 소년들과 함께 오락실로 들어갔다. 몇몇의 소년들이 형형색색의 불빛을 뿜어내는 네모난 기계 앞에 달라붙어 있다 선배를 알아보고는 휘익 - 휘파람을 불어 댔다.

"오, 보이 -! 못 보던 거네. 어디서 났냐? 샀냐?"

"우리 학교 찌질이 거 하나 뺏었다, 왜?"

"그럼 그렇지."

소년들은 선배의 몸에 엉거주춤 매달려 있는 나를 흘깃 쳐다보고는 곧 다시 네모난 기계로 시선을 돌렸다.

"저런 찌질이. 하필 찌질이를 뺏고 싶으냐, 병신."

선배는 두리번거렸다. 주먹을 움켜쥐었다. 소리가 들려온 곳을 찾아 눈을 희번덕거렸다. 오락실을 가득 매운 소년들은 모두 나와 똑같은 로고를 가슴에 새겨 넣고 있었는데, 학교에서와는 달리 나와는 다른 색의 또 다른 내가 가끔씩 눈에 띄었다. 파란색과 회색이 더러 눈에 띄었고, 노란색이 하나, 붉은색이 하나 있었다. 붉은색의 나를 걸친 소년은 화면을 향해 총을 쏘고 있었는데 어쩐 일인지 선배는 그 소년과 눈이 마주치자마자 황급히 시선을 피했다. 도망치듯 눈앞의 기계 앞에 가서 쭈그려 앉았다. 선배의 친구들 역시 붉은색의 나를 걸친 소년과는 눈조차 마주치려 하지 않았다.

선배와 소년들은 한 시간 남짓 오락실에서 시간을 보내다 밖으로 나와 버스 정류장까지 걸어갔다.

"아까 빨간색 대장 걸친 그 선배 봤냐? A고 짱이잖아."

"그 선배가 입고 있던 빨간색 대장 그거 70만 원 넘는다며?"

"그러니까 대장이지. 돈 있다고 대장 입고 다니냐. 괜히 대장 걸치고 다니다가 짱들한테 걸렸다간 뼈도 못 추려."

선배와 소년들은 나로서는 이해할 수 없는 말들을 나누다 한 명은 학원에 간다며 떠나갔고, 나머지 소년들은 버스 정류장을 뒤로 하고 허름한 주택가를 향해 걸어갔다.

어느새 날이 저물어 인적이 드문 주택가의 저녁은 고요하기만 했다. 밖으로 난 창에 하나둘씩 불이 켜지고, 무슨 이정표처럼 어둠 속에 떠 있는 노란 불빛들을 향해 서둘러 귀가하는 사람들의 발소리가 들려오곤 했다. 가끔씩 들려오던 발소리마저 끊길 때까지 선배와 소년들은 공사 중인 건물 안에 틀어박혀 시간을 보냈다. 소년들은 주로 나에 대한 이야기를 하며 무료한 시간을 달랬다.

"006은 개나 소나 다 입고 다니는 거지."

006이라는 말에 나는 귀를 기울였다.

"그러니까 찌질이라고 하는 거잖아. 최소한 중상위권은 입고 다녀야 찌질이란 소리는 안 듣지. 3반에 노란색 입고 다니는 녀석이 한 명 있더라?"

"집에 돈 좀 있나 보지. 그것도 60만 원은 하지 않냐?"

"그러니까 노란색을 '있는 집 날라리'라고 하잖냐."

소년들의 이야기 속에서 번호와 색이 다른 나의 가격과 계급이 결정되었다. 검은색과 006이라는 말과 찌질이란 말이 자주 오르내렸고, 그래서 나는 나의 계급이 '찌질이'라는 사실을 알게 되었다. 나는 선배와 소년들이 입고 있는 또 다른 나를 유심히 들여다보았다. 하나같이 검은빛에 006이라는 번호가 매겨져 있었다.

"아까 그 새끼, 진짜 찌질이 아니냐. 벗으란다고 얼른 벗는 거 봤지? 내, 내일 꼭 돌려주셔야 돼요?"

한 소년이 너의 흉내를 냈고, 선배는 킬킬거렸다.

"그 찌질이 지금 죽을 맛일 걸? 너, 진짜 돌려줄 거야?"

"미쳤냐."

"교실로 찾아오면 어떡할 건데?"

"뭘 어떡해, 병신. 찌질이가 뭘 어쩔 건데?"

선배가 웃자 한 소년이 공사 현장에 나뒹굴고 있는 각목 하나를 집어 들었다. 이얍! 선배를 향해 각목을 휘둘렀다.

"그 찌질이가 덤비면 어쩔 거냐고!"

"오호, 보이−! 나한테 덤빈다 이거지?"

선배 역시 각목 하나를 집어 들었고, 두 사람은 이얍, 이얍, 과장되게 기합 소리를 내며 서로에게 각목을 겨누고 부딪치고 웃고 장난쳤다. 그러다 그마저도 시들해졌는지 들고 있던 각목을 내던지고는 각자의 집으로 흩어졌다.

선배가 한 걸음 내디딜 때마다 바람이 나를 뚫고 들어왔다. 날카로운 쇠꼬챙이가 나를 찌르는 듯했다. 배운 적 없으면서도 나는 통증이란 단어를 알게 되었다. 바람이 나를 들쑤실 때마다 소녀 시마와 너의 손길이 몹시 간절해졌다. 선배가 걸음을 멈춘 곳은 너의 집과 별반 다르지 않았다. 선배 집에서도 너의 집을 휘감고 있던 냄새가 진동했는데, 바로 가난의 냄새였다.

"뭐야, 이거? 어디서 찢어졌지?"

선배가 나를 벗어 던졌다. 내 옆구리에 난 구멍을 확인하고는 방구석에 내던져 버렸다. 선배의 친구가 휘두르던 각목이 나를 스쳐 지나가고 각목에 박혀 있던 못이 내 몸을 뚫었을 때보다 통증이 심했다. 선배는 몇 시간이고 핸드폰을 들여다봤다. 나는 방구석에 처박힌 채 선배에게서 시선을 떼지 않았다. 그렇게 하면 잠자리에 누워서도 벽에 걸어 놓은 나를 몇 시간이고 올려다보던 너처럼 선배도 나를 한 번은 바라봐 주지 않을까, 나는 설마 그런 기대를 했던 걸까?

네가 있었다. 네 눈 가득 내가 있었다. 나는 너의 B. 너는 교문 앞에 서서 나를 기다렸다. 나를 걸친 선배가 너에게로 조금씩 가까워지고, 네 몸은 긴장했다. 나는 너의 B. 내 몸은 벌써부터 너의 어깨, 너의 팔, 너의 손길로 채워지기 시작했다.

"선배."

네 목소리가 내 귀를 가득 채웠다. 그러나 선배는 너 따위는 안중에도 없다는 듯이 너를 스쳐 지나갔다. 너를 교문 앞에 남겨 둔 채 나는 선배와 함께 3학년 교실로 들어갔다.

"찌질이가 왔더라."

선배는 키득거렸다. 참았던 웃음을 터트렸다. 내 몸에 구멍을 낸 소년이 선배와 함께 키득거렸다.

"내 말이 맞지? 찌질이가 별수 있냐. 여기까지는 절대로 못 쫓아올걸?"

선배는 여봐란 듯이 나를 두드려 댔다. 그리고 긴 하루가 시작되었다.

아무도 너를 보지 못했다. 그러나 나는 너의 B. 너는 자주 창가에 나타났고, 선배의 교실 앞 복도에 숨어 나를 바라봤다. 복도 창 밖에 네가 나타날 때마다 나는 기대로 부풀어 올랐다. 나는 너의 B. 와서 나를 되찾아 줘. 그러나 수업 종이 울릴 때마다 매번 너는 되돌아섰다.

같은 날들이 되풀이 되었다. 나는 선배와 함께 너의 도시를 휩쓸고 다녔다. 너의 도시는 그곳이 어디이든 사각의 공간에 비슷한 머리 모양과 비슷한 옷차림을 한 사람들과 상품들이 가득한 전시장. 머리 색깔이나 입은 옷의 다양한 디자인으로 서로를 구분하기도 하지만 유행과 브랜드라는 잣대에 스스로를 꿰맞추다 결국 모두가 똑같아지고 마는 규격품의 세상. 수많은 가게들이 있지만 너의 도시 어디를 가든 체인이라는 이름에 걸맞게 똑같은 상호의 똑같은 실내 장식으로 꾸며진 가게들이 사슬처럼 이어져 있다. 너의 도시의 구성원들은 스스로를 꾸미기 위해 화장품을 살 때도 브랜드를 먼저 따지고, 배를 채우기 위해 음식점에 들어갈 때도 전국 곳곳에 체인을 두고 있는 곳으로 향한다. 어디를 가든 똑같은 재료로 만들어져 똑같은 맛인 음식으로 배를 채우며 이곳의 구성원들은 입맛마저도 일률적이 되어 버렸다. 너의 도시의 수많은 영화관에서는 매시간 영화를 상영하지만 어떤 영화관에 들어가도 똑같은 영화뿐이다. 나도 마찬가지다. 이곳에서 나는 수많은 나를 만난다. 너의 도시 어디를 가든 네 또래의 아이들은 약속이나 한 듯이 나를 걸치고 있다.

나는 누구일까.

네가 없는 나는 학교에서나 급식실에서나 오락실에서나 번화가에서나 마구잡이로 다루어졌다. 때로는 못에 찔리고, 얼룩이 지고, 방구석에 처박히고, 둥글게 말려 농구공처럼 날아다니기도 했다.

나는 너의 B.

네가 없는 나는 사랑 없는 손길에 무방비로 노출된 신생아.

나는 그저 006.

번호로 계급이 매겨지는 세상의 한낱 찌질이.

패딩 점퍼의 색깔마저도 감히 마음대로 선택하지 못하는 세상의 한낱 검은빛.

그러나 끝내 너는 나에게로 왔다.

"선배!"

너는 흡, 숨을 들이마셨다. 너는 한 걸음 선배를 향해 다가왔다. 선배 뒤로 소각장의 연기가 길게 하늘을 향해 날아올랐다.

"선배!"

그 순간의 너는 결심한 사람이었다. 선배는 학교 안의 외진 쓰레기 소각장에 숨어 몰래 담배를 피우다 너를 보자 미소 지었다. 몹시 반가운 사람이라도 만난 듯한 표정이었다.

"선배!"

너는 선배를 향해 빠르게 걸어왔다.

"야! 거기서 망 좀 봐."

선배의 한마디에 너는 우뚝 멈춰 섰다. 목을 길게 빼고 주위를 살폈다. 선배가 한 개비의 담배를 다 피울 때까지. 그 시간이 내게는 영원처럼 느껴졌다. 마침내 쓰레기 소각장을 맴돌던 담배 연기마저 공기 중에 흩어지고 선배가 네 앞에 가서 섰다.

"이 찌질이를 꼭 되찾고 싶은 거냐, 너?"

선배가 나를 벗었다. 너의 눈이 반짝거렸다. 선배가 나를 움켜쥐었다. 너는 나를 향해 팔을 뻗었다. 선배는 나를 허공으로 번쩍 들어 올렸다. 너는 까치발을 하고 나를 잡으려 했다. 나중에는 나를 잡으려고 펄쩍펄쩍 강아지처럼 뛰어올랐다. 선배의 웃음소리가 저녁 어스름 속에 울려 퍼졌다.

"이 찌질이를 꼭 가져가야겠단 말이지? 응?"

너는 몇 번이고 고개를 끄덕였다. 나를 잡으려고 강아지처럼 펄쩍거리던 너는 숨을 몰아쉬며 선배의 손아귀에 잡혀 있는 나를 쳐다봤다. 네 눈엔 여전히 나, 너의 B만이 가득했다.

"야! 그럼 대장을 훔쳐 와!"

선배는 너에게 삼 일의 시간을 주었다. 덩치 큰 소년들은 네가 붉은색의 나, 소년들 사이에서 대장이라 불리는 나를 '훔쳐오지 못할 것이다'에 돈을 걸었고, 선배는 네가 '훔쳐올 것이다'에 돈을 걸었다. 선배는 확신했다. 너는 찌질이니까. 찌질이들은 한 번 두려움에 사로잡히면 벗어날 엄두조차 내지 못하니까. 선배가 확신할수록 덩치 큰 소년들의 비웃음은 커져만 갔다. 덩치 큰 소년들은 확신했다. 너는 찌질이니까. 찌질이들은 간이 콩알만 해서 도둑질은 엄두조차 내지 못할 테니까.

그리고 약속의 시간이 찾아왔다. 아침부터 선배는 들떠 너의 교실 앞을 지켰다. 쉬는 시간마다 선배가 교실 문 앞에 나타나자 너의 교실에 작은 파문이 일었다.

"무슨 일이야?"

"저 찌질이가 선배들한테 006을 뺏겼나 봐. 주제도 모르고 찾아가서 달라고 했다며?"

"병신 아니냐. 006을 찾아가고 싶으면 대장을 훔쳐오라고 했다는데?"

"진짜? 어디에서 들은 얘기야?"

"저 찌질이가 울면서 얘기하더라니까."

"그래서? 훔쳐 왔대? 저 찌질이가?"

이제는 너와 같은 교실을 쓰는 아이들까지 너를 지켜봤다.

마지막 수업 시간이 시작되려 하고 있었다. 선배는 나를 벗었다. "야, 찌질이." 너는 움직이지도 말하지도 않았다. 따가운 시선들이 너에게 와서 꽂혔지만 너는 고개조차 들지 않았다. 교실 문 앞을 지키고 서 있는 선배를 의식하면 의식할수록 너의 표정은 굳어져 갔다. 선배는 내 옆구리의 구멍 속에 손가락을 집어넣었다. 손끝을 구부려 내 속을 긁는가 싶더니, 소녀 시마가 내 속에 채워넣었던 마음들을 끄집어냈다. 흰 깃털들이 공기 중에 흩어졌다. 나는 비명조차 지를 수 없었다. 마지막 수업 시작을 알리는 종이 멀리에서 들려오고, 내 속을 긁어내던 선배의 손동작이 멈추는가 싶더니 나는 별안간 벽에 걸렸다.

선배는 나를 너의 교실 앞 복도 벽에 붙어 있는 선풍기에 걸쳐 놓고는 유유히 사라졌다. 그리고 네가 고개를 들어 나를 건너다보았다. 네 눈에 내가 있었다. 나는 너의 B. 나는 너의 깃발. 너와 나만이 아는 눈빛으로 우리는 서로를 바라보았다. 그 순간에는 옆구리의 구멍을 뚫고 들어오는 통증조차 내게는 감미로웠다.

마지막 수업 시간이 끝나가려 하고 있었다. 너는 내게서 시선을 거두어 교실 뒷문을 쳐다봤다. 아직 선배는 나타나지 않았다. 쉬는 시간마다 선배가 서 있던 그 자리는 아직 비어 있었다. 수업이 끝나려면 몇 분의 여유가 있었다. 너는 칠판 앞의 선생을 쳐다보는가 싶더니 교실 뒷문을 향해 달려갔다. 네가 복도 밖으로 나온 순간, 수업의 끝을 알리는 종이 울려 퍼졌다.

나는 너의 B. 너는 내가 미처 따라잡을 수 없는 속도로 달려 나갔다. 네가 첫발을 떼었을 때, 나는 네가 나를 향해 펄쩍 날아오리라 생각했으나 너는 그대로 앞을 향해 달려 나갔다.

나는 무엇이 더 두려웠던 것일까.

네가 나를 놔두고 가 버리는 것과 네가 선배에게 붙잡히는 것, 두 경우 모두 두려웠으나 내가 정말 두려워한 것은 두 경우 모두 다 아니었음을 얼마 지나지 않아 알게 되었다.

선배가 너를 붙들었다. 너는 교문 밖을 빠져나가기도 전에 선배에게 붙들려 다시 내 앞에 왔다. 선배는 펄쩍 뛰어올라 나를 낚아채어 네게 입혔다. 너의 어깨, 너의 팔, 너의 가슴. 네가 한 걸음 걸을 때마다 나는 부풀어 올랐다. 네가 지금 어디로 끌려가는 줄도 모르고 나는 한껏 부풀어 올랐다.

"무조건 대장이야. 알았냐?"

선배가 너를 데려간 곳은 네가 나를 불러 준 백화점이었다. 선배는 네가 입고 있는 나의 지퍼를 올려 주며 말했다. 내가 점원 정

신을 빼 놓을 테니까 넌 무조건 대장을 이 속에 숨겨서 나와. 선배
는 너를 돌려세워 앞장세웠다. 너는 연신 눈알을 굴려 댔다. 도망
갈 틈을 노리는 것인지, 훔칠 물건을 찾는 것인지 분간이 되지 않
는 눈빛이었다.

　매장 안엔 수많은 내가 조명을 받으며 꿈꾸듯 숨죽이고 있었다.
붉고 파랗고 노랗고 초록인 내가 밝은 조명 아래에서 너에게 손짓
하기 시작했다. 오, 보이-! 오, 보이-! 수많은 내가 내지르는 소
리 없는 절규가 내 귀를 찢어 놓을 듯했다. 매장에 들어선 선배는
점원을 한쪽 구석으로 데려가 마치 당장이라도 값을 치르고 노란
색의 나를 살 것처럼 이것저것 묻기 시작했다. 너는 눈알을 굴려
댔다. 대장, 대장, 대장…… 붉은색의 나를 찾아 바쁘게 눈알을 굴
려 댔다. 네가 나 아닌 또 다른 나를 찾아 눈알을 굴려 대는 동안
에도 나는 쉼 없이, 절박하게 네게 외쳤다.

　나는 너의 B.

　나는 너의 B.

　그러나 너는 대장을 움켜쥐었다. 선배가 노란색의 나를 걸쳐 입
고 거울 앞에 서서 점원에게 지퍼를 올려 달라고 말하는 순간, 너
는 옷걸이에서 붉은색의 나, 이곳의 소년들이 대장이라 부르는 나
를 벗겨 내어 내 속에 쑤셔 넣었다. 내 몸은 감당할 수 없는 부피
로 터져 나갈 듯했다. 네가 발을 내뻗을 때마다 내 속의 또 다른

내가 나를 찔러 댔다. 감당하기 힘든 또 다른 내가 나를 찢고 나오려 하고 있었다.

나는 누구일까.

너는 백화점을 빠져 나와 계속 달렸다. 너를 뒤쫓아 오던 선배의 목소리마저 희미해지고, 더는 숨을 쉴 수 없을 때까지 너는 달렸다. 네가 우뚝 멈춰 선 곳은 너의 도시 어디를 가든 눈에 띄는 등산용품 체인점의 매장 앞이었는데, 너는 매장 유리에 비친 네 모습을 유심히 들여다봤다. 마치 네 얼굴을, 네 모습을, 너의 모든 것을 처음 본 사람 같았다.

너는 유리로 다가갔다. 유리에 비친 나를 들여다봤다. 내 찢어진 옆구리며 김칫국물이 얼룩져 버린 가슴이며 까맣게 더러워진 소매 끝을 확인해 가는 동안 너의 눈빛은 점점 닮아가고 있었다. 나를 쳐다보던 선배의 눈빛을.

"찾았다, 드디어 찾았어."

나를 불러주었던 너의 목소리가 희미해져 갔다.

나는 너의 B.

나는 너의 B.

소리 없는 나의 외침은 너에게 가 닿지 못했다.

너는 이미 나를 벗어 던지고 있었으니까.

너는 나를 벗어 던졌다.

나는 이곳의 소년들이 대장이라 부르는 붉은색의 나를 토해 내고 바닥에 떨어졌다. 네가 손을 뻗었다. 뿌옇게 흐려져 가는 나의 시야 속으로 네 손이 나타났으나 네 손은 나를 스쳐 대장을 집어 들었다.

너는 붉은색의 나, 내가 아닌 또 다른 나를 걸치고 매장의 유리에 네 모습을 비춰 보았다. 너는 붉게 타오르고 있었다. 흐려져 가는 정신 속에서도 나는 내가 아닌 또 다른 나를 휘감고 있는 네가 아름답다고 생각했다. 그러나 그 아름다움도 내 안에서 끊임없이 솟아오르는 물음은 잠재우지 못했다.

나는 누구인가.

이곳의 구성원들은 나를 유행이라 부르거나 브랜드라 부른다. 너를 떠난 나는 어느 한 시기를 휩쓸고 지나가는 유행. 잠깐 소유하고 싶은 브랜드. 이곳의 구성원들이 열광하는 시기가 지나가 버리면 흔적도 없이 사라져 버리고 마는 존재. 죽어가며 나는 너에게서 눈을 떼지 못한다. 너는 내가 아닌 또 다른 나를 입고 나에게서 멀어져 간다. 너는 006, 007, 008⋯⋯ 번호로 너의 계급이 결정되어 버리는 곳을 향해 부지런히 걸어간다. 네 옆으로 검은색, 파란색, 노란색, 붉은색의 또 다른 내가 나타나 너와 함께 걸어간다. 번호와 색으로 계급이 결정되어 버리는 곳을 향해 부지런히 걸어

가는 너와 수많은 나의 뒤에서 나는 너의 B, 나는 너의 B…… 멀어져 가는 너의 뒤에서 나는 그저 한낱 Brand…….

준비물

첫 번째 준비물

처음에 그것은 해피의 털 한 올 정도였다. 일주일 전, 선(嬋)이 이야기를 꺼냈을 때 나는 막 해피의 몸에서 떨어져 나온 털 한 올을 주워 들고 있었다. 태어나 단 한 번도 애완견을 키워 본 적 없는 선은 우리 집 거실 바닥에 떨어져 있는 해피의 털에 기겁했다.

"이 주스에도 들어간 거 아냐?"

"밥 먹다가도 나와. 그냥 먹어도 안 죽어."

선은 해피의 털이 들어갔을 지도 모르는 오렌지 주스를 한참이나 들여다봤다.

"죽기 아니면 까무러치기지 뭐."

선은 단숨에 마셔 버린 주스 잔을 보란 듯이 내려놓고는 내 대답을 재촉했다. 나는 손에 들고 있던 해피의 털을 내 몫의 주스에 뿌렸다.

"뭐, 죽기 아니면 까무러치기니까."

그리하여 나는 선을 따라 이곳에 왔다. 지금도 선은 내게 처음 이 일에 관한 이야기를 꺼냈을 때와 똑같은 표정으로 내 눈을 들여다본다. 재차 내 의지를 확인하는 그 눈빛을 향해 나는 엄지를 세워 보인다.

달칵, 손잡이가 돌아가고 우리 집과 별반 다를 바 없는 실내의 풍경이 눈에 들어온다. 다른 게 있다면 꼬리를 흔들며 뛰어와 배를 보여 주는 해피가 없다는 정도인가? 나는 선의 집을 빠르게 훑어보며 오늘 밤 일의 순서에 대해 생각하기 시작한다.

"엄마는 돌아오면 곧장 주방으로 들어가. 거의 일곱 시 전후인데 저녁을 빨리 먹이지 않으면 남동생이 강 건너 호프로 갈 시간이 너무 빠듯해지거든. 알지? 강 건너 호프에 들어가기 쉽지 않은 거. 그쪽은 특히나 경쟁이 심해서 들어가려면 테스트를 3차까지 본다니까. 아빠는 귀가 시간이 일정치 않아. 기다려 보는 수밖에 없어."

선은 말하는 동안에도 바삐 움직인다. 거실 장식장을 열었다가 닫고, 주방 씽크대 서랍을 뒤지고, 이제는 안방으로 들어가 소리친다. 째깍째깍째깍, 정적 속에서 턱없이 크게 울려 퍼지는 시계

소리. 어느새 다섯 시다. 선의 어머니가 귀가하는 시간은 일곱 시 전후. 겨우 두 시간 남았다.

나는 채 닫히지 않은 현관문을 뒤돌아본다.

'되돌아 나갈까?'

곧장 걸어가 저 현관문을 지나치기만 하면 된다. 그뿐이다. 원래 있던 곳으로 돌아갈 수 있는 기회는 지금뿐이다, 라고 생각하면서도 나는 움직이지 못한다. 어느새 내 몸속으로 들어와 자리를 잡아 버린 그것, 처음엔 그저 해피의 털 한 올 정도였던 그것이 나를 잡고 놓아주지 않는다. 그것은 해피의 몸에서 떨어져 나와 집 안 곳곳을 둥둥 떠다니다 식구들이 보지 않는 틈에 어느새 탁구공만 한 크기로 뭉쳐 있는 해피의 털처럼 내 속에서 점점 커져만 갔다.

"준비물이라고 생각해."

선은 명료했다. 선의 명료한 생각, 지금까지의 나로서는 상상조차 할 수 없었던 선의 생각, 나는 그것을 주스와 함께 마셔 버렸다.

"뭐 해? 조금 있으면 내 동생 올 거야!"

나를 부르는 선의 목소리는 절박하다. 그래, 이건 꼭 필요한 준비물이야. 나는 서둘러 안방으로 간다. 여러 번 빨아 색이 바랜 노란색의 침대 시트가 오래된 철제 침대를 덮고 있다. 선의 부모님이 어떤 침대에서 어떤 색깔의 시트를 덮고 자는지, 나는 알아 버렸다. 이제 곧 또 나는 이 집의 장롱이며 화장대 서랍 속에 어떤 물건들이 흩어져 있는지 알게 되리라.

"아빤 거의 술에 취해서 들어오니까 웬만해선 눈도 뜨지 않을 거야. 문제는 엄마인데……."

선은 신경증 환자처럼 자꾸 창문 밖을 내다본다. 이제 곧 선의 남동생이 돌아올 시간이다.

"넌 오늘 뭐라고 하고 나왔냐? 새벽에 들어가면 난리날까?"

오늘 밤, 우리가 계획한 일의 가장 큰 걸림돌은 아무래도 선의 어머니인 것 같다. 선은 엄마가 몇 시에 잠들지 도무지 예상할 수 없을 것 같다며 윗니로 아랫입술을 잘근잘근 씹는다. 우리가 예상했던 시간보다 나의 귀가가 늦어질 때를 대비해 이미 확실한 알리바이를 만들어 놓았다고 말하지 않는 한, 선은 언제까지고 저렇게 아랫입술을 씹을 것만 같다.

"네가 지금 내 걱정할 때냐? 돈은 찾았어?"

그렇게 하면 선의 불안을 없앨 수 있기라도 한 것처럼 나는 선의 등짝을 후려친다. 짝, 소리에 선은 공처럼 튀어 오르며 오른발로 내 허벅지를 걷어찬다. 이 정도의 장난으로도 우리는 쉽게 웃음을 되찾는다. 키득거리며 선은 안방 장롱 이불 속에 팔 하나를 쑥 넣었다가 뺀다. 선의 주먹이 현금을 움켜쥐고 있다. 주먹으로 꽉 움켜쥘 정도의 현금, 그 부피에 선과 나는 말을 잇지 못한다.

우리 둘 모두 아직 다 자라지는 않았지만 주먹의 크기만큼은 성인 남성과 다를 바 없다.

'주먹으로 꽉 움켜쥘 정도의 현금을 매달 호프에 내고 있었다니!'

현금을 움켜쥔 선의 등 뒤로 보이는 이불이며 베개 커버 같은 것들이 자꾸 눈에 거슬린다. 깨끗이 빨아 잘 정돈해 놨지만 너무 낡아 누구에게 내보이기에는 어쩐지 부끄러운 침구류들. 보고 있자니 뺨이 화끈 달아오른다. 안방 화장대 위에 놓여 있는 싸구려 화장품들까지, 선의 집에 있는 모든 것들이 우리 집과 너무나도 똑같아서 자꾸 뺨이 달아오른다. 이곳에 있는 모든 것들이 선이 움켜쥔 현금의 부피와는 도무지 연결되지 않아서일까? 어쩐지 속은 것만 같은 기분이다.

"이 돈이면 어디 가서 한 달은 살지 않냐?"

선이 이번 달 호프 회원비를 내게 건넨다. 곧 시작될 여름방학 집중 캠프비라 평상시 회원비의 세 배나 된다. 꽉 움켜쥐지 않으면 바닥으로 흘러내릴 정도의 부피, 호프의 부피가 묵직하게 느껴진다. 안방 침대에 털썩 주저앉은 선이 나를 올려다본다.

"여름방학 캠프비만 이 정도면 일 년치는 어느 정도일까? 사과 상자 하나?"

침대 끝에 걸터앉은 선이 몸을 조금만 움직여도 낡은 철제 침대는 심하게 흔들린다. 삐그덕삐그덕, 이 소리가 내 귀에는 마치

신음 소리 같다. 삐그덕삐그덕, 내부에서부터 낡아 금이 가기 시
작한 집이 앓고 있는 소리가 계속해서 들려온다. 호프에 매달 이
정도의 현금을 치를 수 있는데도 모든 것이 낡아빠진 집이라니!

"확실한 건, 이 돈이면 너네 집 침대는 당장 바꾸고도 남는다는
거야."

나는 선이 건네준 돈을 침대 위에 뿌린다. 색이 바랜 시트 위
에서 내가 뿌린 지폐들이 꽃처럼 피어난다. 선은 키득거리며 몇
번인가 하늘을 향해 지폐를 뿌려 대다 확 표정을 바꿔 뒤를 돌
아본다.

"들었지?"

현관 쪽에서 달칵, 소리가 들린 것도 같다. 선이 침대 위의 지폐
들을 줍는 동안 나는 거실로 달려 나간다.

"어? 이 시간에 형이 왜?"

선의 남동생이다. 그 눈에 경계의 빛이 역력하다. 나는 부러 시
간을 끄느라 선의 남동생에게 다가가 친한 척, 녀석의 머리를 헝
클어뜨린다. 중학생이 되고부터는 별로 아는 척조차 하기 싫어하
는 녀석은 내가 머리를 건드리자 인상부터 쓴다.

"야! 너 왜 지금 와? 어디 갔다 왔어?"

안방에서 나온 선은 거실 벽시계를 확인하고는 남동생한테 괜
히 트집을 잡는다. 계산한 행동은 아니었겠지만 선이 트집을 잡자

마자 선의 남동생은 곧장 제 방으로 들어가 버린다.

째깍째깍째깍.

3시 47분. 시간이 빠듯하다. 선의 어머니가 귀가하기 전까지, 우리는 오늘 밤 일의 순서와 우리가 움직일 동선을 정확히 계산해 놔야만 한다. 장롱 속에 박혀 있는 그 돈, 이달 치 호프 회원비가 선에 손에 들어올 때까지는 긴장을 늦출 수 없다.

두 번째 준비물

선의 어머니가 틀림없다고 생각하면서도 나는 눈을 부릅뜬다. 양손 가득 장바구니며 비닐 봉투를 들고 나타난 중년의 여자. 뛰어왔는지 가쁜 숨을 내쉬며 번호 키의 버튼을 누르는 중년의 여자. 현관문을 열기 위해 장봐 온 물건들을 바닥에 내동댕이치다시피 던지는 중년의 여자. 저 여자가 정말 선의 어머니인가? 지금 내 앞의 선의 어머니는 학교에서 늘 보던 모습과 전혀 다르다.

선의 어머니는 우리 학교의 국어과목을 담당하고 있는 교사이다. 선의 어머니가 칠판 앞에 서서 시를 읽거나 소설에 대해 말할 때면 이상하게도 나는 '나른하다'라는 단어를 떠올리곤 했다. 선의 어머니는 아이들이 떠들거나 킬킬거려도 시선은 교과서에 붙들어 맨 채 들릴 듯 말 듯한 소리로 교과서를 읽다 수업의 끝을 알리는 종이 울리면 그제야 시선을 들어 정면을 바라보곤 했다. 자다 깬 사람처럼 혹은 어디 먼 곳에서 휴가를 보내다 갑자기 직장으로 끌려온 사람처럼 교실 뒤쪽 시계를 올려다봤다. 그러고는 그럴 수 없이 느린 속도로 교과서를 접어 들고 흉내 낼 수 없을 정도로 비척거리며 교실을 빠져나가곤 했다. 그 모습 어디에서도 다급함이라고는 찾아볼 수 없었다.

그런데 지금 선의 어머니는 어떤가? 다급함과 절박함 그 자체다. 물건들을 제대로 내려놓고 현관문을 연다 해도 불과 몇 분 차이일 텐데, 단 몇 초라도 아끼려고 장바구니를 집어 던졌다가 낭패를 보고 만다. 장바구니에 들어 있던 감자 몇 알이 도로로 굴러가 버렸다. 벌컥, 현관문을 열어 둔 채로 선의 어머니는 도로로 뛰어와 감자를 움켜쥔다. 그 표정이 얼마나 험악한지, 나는 심장이 다 얼어붙는 것만 같다. 선의 어머니는 윗니로 아랫입술을 잘근잘근 씹으며 다시 집 쪽으로 뛰어간다. 그 뒷모습 어디에도 나른함이란 찾아볼 수 없다. 어쩐지 속은 기분이다. 선의 어머니 역시 우리 학교의 다른 교사들과 다를 바 없었던 거다. 국어 교사라서, 문학을 사랑하는 사람이라서 세상일에 초연했던 것이 아니다. 그저 상관하지 않았을 뿐이다. 학생들 일 따위 관심 없었을 뿐이다.

이제 선의 어머니는 장바구니를 움켜쥐고 곧장 집 안으로 달려 들어간다. 뒤이어 남동생의 이름을 부르는 소리가 들려온다. 그 부름에 당장이라도 달려 나오지 않으면 무슨 큰일이라도 일어날 것만 같다. 대체 선의 어머니 어디에 저런 모습이 숨어 있었던 걸까? 정말 저 모습이 진짜였던 걸까?

"너네 엄마는 어떠냐? 난 집에서 엄마한테 듣는 말이라고는 빨리빨리뿐이야."

선이 한숨을 내쉰다. 쉬지 않고 이야기한다. 어머니의 말투, 어머니의 행동, 어머니의 잔소리, 어머니의 기대와 희망, 어쩌다 아프기라도 해서 호프 수업을 한 번이라도 빼먹으면 수업료 타령부터 해 대는 것까지, 선이 묘사한 어머니의 모습은 그냥 그대로 우리 엄마 얘기다.

선이 자신의 어머니에 대해 이야기하는 동안 나는 지금도 안방 컴퓨터 앞에 달라붙어 있을 우리 엄마를 떠올린다. 엄마는 아르바이트로 바이럴마케팅 회사의 홍보 일을 하고 있다. 내가 다니는 호프 회원비를 마련하기 위해 일한다. 엄마가 하는 일은 회원 수가 많은 카페의 회원으로 가입해 회원인 척 활동하다 카페 게시판에 홍보가 필요한 업체나 작은 가게들을 대신해 홍보성 글을 작성하는 일이다. 엄마에게 일을 맡긴 회사는 엄마가 하루 몇 건의 게시판 글을 작성했는지 확인한 뒤에야 돈을 준다. 엄마는 자신이 하루 종일 작성한 게시판 글의 url을 더 많이 복사해서 보내기 위해 언제나 컴퓨터 앞에만 매달려 있다. 컴퓨터를 향해 등 돌리고 있는 엄마를 향해 나는 몇 번인가 호프를 그만두겠다고 말한 적이 있다. 그때마다 엄마는 들은 척도 하지 않았다.

누가, 언제부터 호프에 돈을 내고 따로 또 공부를 하러 다니게 됐는지는 아무도 모른다. 아빠나 엄마, 학교 선생님들한테 물어도 누구 한 명 시원스레 대답해 주지 못했다. 부모님들 역시 그래 왔다는 대답뿐이다. 어려서부터 19세가 될 때까지 다들 학교에 다니고는 있지만 배우는 것은 딱히 없다. 학생이나 선생이나 그저 시간을 때울 뿐이다. 학교 수업 시간표에 정해져 있는 중요 과목을 가르쳐 주는 곳은 학교가 아니라 호프이다. 호프에 따로 돈을 내고 다니지 않으면 나눗셈조차 제대로 할 수 없다. 학교가 존재하는 이유에 대해 물어본 적이 있는데, 그때마다 어른들의 대답은 명료했다. "아이들을 맡길 데가 없잖니."

녀석이 바라보고 있는 주방에서는 선의 어머니가 저녁 준비를 하느라 정신이 없다.

"배 안 고프냐?"

선이 묻는다. 선의 남동생은 식탁 앞에 앉아 영어 단어장을 외우고 있다. 그러다 김치볶음밥이 나오자 단어장을 내려놓고 서둘러 수저를 든다. 몇 분이 채 지나지도 않았는데 선의 어머니는 남동생 손에 영어 단어장을 쥐어 준다. 남동생은, 시선은 영어 단어장에 고정한 채 왼손으로는 영어 단어장을 들고 오른손만 바삐 움직여 밥을 먹는다.

저 풍경이 거의 모든 집의 저녁 7시이다. 선의 집 주방에도 식구들이 둘러 앉아 이런저런 이야기를 나누며 한가롭게 저녁을 먹는 풍경 같은 것은 찾아볼 수 없다. 우리 집 저녁 7시도 마찬가지다. 이달 치 나의 호프 회원비를 채우기 위해 아빠는 지금도 야근을 하고 있고, 엄마는 저녁밥 차릴 시간도 없이 컴퓨터 앞에 붙어 앉아 있겠지.

"너 혹시 돈 좀 있냐? 요 앞 편의점에 가서 주먹밥이라도 사 먹자."

선이 바지 주머니에 손을 넣었다가 빼며 빈손을 내보인다. 선의 빈손을 보자마자 뺨이 화끈거린다. 저 손으로 꽉 움켜쥐지 않으면 흘러내릴 정도의 현금을 쥐고 있던 것이 바로 얼마 전이다. 불과 몇 시간 전에 우리가 움켜쥐었던 현금의 묵직함을 떠올리자 선의 빈손이, 나의 빈손이 억울하기만 하다.

"지난주에 애들이랑 영화 보고 난 뒤로 나도 거지야. 난 학교도 걸어간다, 요즘."

"야! 우린 왜 다들 거지냐? 강남 호프에 다니는 녀석들은 엄청 많잖아? 그런데 왜 주머니에 동전 몇 푼 있는 녀석은 한 명도 없냐고!"

그러게 말이다. 나는 선의 말을 들으며 우리들의 가난에 대해 생각한다. 우리 집과 이웃집과 나와 내 친구들의 가난에 대해 곱

씹는다. 내가 생각하는 가난은 돈이 없는 거다. 돈이 없어 먹고 싶은 걸 먹을 수 없고, 하고 싶은 걸 할 수 없고, 사고 싶은 걸 살 수 없는 것, 그것이 바로 내가 생각하는 가난이다. 그러면 서랍이나 장롱 속에 꽉 움켜쥘 정도의 현금을 갖고 있으면서도 먹고 싶은 걸 먹을 수 없고, 하고 싶은 걸 할 수 없고, 사고 싶은 걸 살 수 없는 상태, 이 상태는 무어라 불러야 하는 걸까? 할 수 있는 것이 없어 절망스럽기는 마찬가지이지만 가난은 돈이 없어야 하는 거잖아? 돈이 있는데도 가난하다고 느끼며 살아야 하다니!

나도 모르게 주먹에 힘이 들어간다. 어디에라도 주먹질을 하고 싶다. 주먹질을 해 댈 곳도 없으면서 나는 허공을 향해 주먹을 내뻗는다.

"야! 그러다 나도 한 대 치겠다?"

선이 주먹 쥔 내 손을 아래로 끌어 내린다. 잠깐 사이에 벌써 저녁을 다 먹은 선의 남동생이 현관문을 열고 나온다. 녀석은 문을 열고 나오자마자 버스 정류장을 향해 뛴다. 악다문 입술에 결의가 서려 있다. 일분일초도 허투루 쓰지 않겠다는 결의가.

그래, 나도 저랬다. 나도 선의 남동생처럼 중학교 때만 해도 이를 악물었다. 부모님의 말씀을 머릿속에 곱씹으며 매일 매순간 이를 악물고 달렸다.

"이건 준비물이야. 바닷가에 가서 해수욕을 하려면 수영복을 챙겨야겠지? 산에 가려면 등산화를 챙겨야 하고. 그거랑 똑같은 거야. 산에 캠프하러 갔을 때 생각나니? 천막이며 불판까지 제대로 다 챙겨 온 사람은 편하게 하룻밤을 잘 수 있지만 돗자리 하나 가져온 사람은 하룻밤은커녕 한 시간도 못 버티고 짐을 챙겨 떠나게 되어 있단다."

아버지는 늘 그렇게 말했다. 내게 매달 호프 회원비를 건네줄 때마다 이건 '준비물'이라고. 일 년 내내 컴퓨터 앞에만 붙어 앉아 있는 엄마가 올여름엔 꼭 휴가를 다녀오고 싶다고 말할 때도 아빠는 이건 '준비물'이라며 엄마를 달랬다. 내가 용돈을 올려 달라고 말해도, 친구들과 영화관에 갈 돈이 필요하다고 해도, 생일날만큼은 밖에 나가 외식을 하고 싶다고 해도 아버지는 늘 한결같은 말만 되풀이했다.

"이건 준비물이야."

세 번째 준비물

아직 거실 불이 꺼지지 않았다. 강남에 있는 호프에 간 선의 남동생과 아버지가 귀가할 때까지 저 불은 꺼지지 않으리라. 남편이 야근을 마치고 돌아올 때까지 선의 어머니 역시 우리 엄마와 마

126

찬가지로 밀린 집안일을 하고, 밑반찬을 만들어 놓고, 그리고……
돈 걱정을 할 테지.

지금 여기 이렇게 쪼그려 앉아 있는 나와 선처럼 말이다.

"그 돈 없어진다고 뭐가 어떻게 되지는 않겠지?"

선은 12시가 넘으면서 눈에 띄게 인적이 드물어진 집 앞 골목
을 바라보고 있다. 이제야 돈 걱정을 하는 이유, 뻔하다. 선도 나처
럼 흔들리고 있다는 거다. 선도 나처럼 아직은 늦지 않았다고, 돌
아갈 수도 있지 않을까, 딴 생각을 하기 시작했다는 거다.

그러나 정말 돌아갈 수 있을까, 생각하는데 저쪽에서 택시 한
대가 달려와 멈춘다. 선의 아버지가 비틀거리며 택시 밖으로 나온
다. 잔뜩 취해서도 영수증 챙기는 걸 잊지 않는다. 어렸을 때 선의
아버지는 내 영웅이었다. 내 눈에 비친 선의 아버지는 언제나 자
신만만했고, 일요일이면 동네 야구클럽의 코치를 맡아 내 또래 아
이들에게 야구를 가르쳤다. "사나이는 말이야!"로 시작하는 연설
을 곧잘 했는데, 나는 선의 아버지 입에서 사나이라는 단어가 튀
어나올 때마다 허리를 꼿꼿이 펴고 가슴을 앞으로 내밀곤 했다.

그러나 지금 저기 서 있는 저 남자는 더 이상 내 영웅이 아니다.
야근과 회식에 치여 비틀거리는 저 중년의 남자, 현관문조차 제대
로 열지 못하는 저 중년의 남자, 자식들의 미래를 위한 준비물을
마련하기 위해 인생을 몽땅 지불해 버린 저 중년의 남자, 저 남자

는 대체 누구인가? 평일엔 도서관 사서로 일하면서 주말이면 동네 아이들에게 야구를 가르쳤으나 지금은 자식들의 호프 회원비를 마련하기 위해 대필 원고까지 쓰는 저 중년의 남자는 대체 누구인가?

선의 아버지의 뒷모습 위로 우리 아빠의 굽은 등이 겹친다. 아빠는 화가가 꿈이었다. 내가 어렸을 때는 거실에 이젤을 세워 놓고 곧잘 그림을 그렸다. 지금 그 이젤에는 스케치북 대신 아빠가 파는 자동차 전단지들이 세워져 있다. 한때는 화가가 되기를 희망했으나 지금은 매달 내 호프 회원비를 마련하기 위해 자동차 영업사원이 된 우리 아빠. 아빠는 그 사람이 누구든 아빠의 전단지를 받아든 사람에게는 꼭 구십 도로 인사를 하는데, 그러느라 어느덧 등이 굽어 버렸다. 가끔 아빠의 굽은 등을 볼 때면 나는 내가 죄인처럼 느껴진다. 엄청난 돈을 매달 호프에 갖다 바치면서도 겨우 중위권의 성적을 간신히 유지하고 있는 내가.

"얼마나 마신 거야? 왜 문도 못 열어? 맘 같아선 내가 가서 열어 주고 싶다, 열어 주고 싶어!"

선이 벌떡 일어선다. 나는 누가 볼 새라 선을 다시 자리에 앉힌다. 숨어서 지켜보고 있을 수 없을 만큼 선은 답답한 거다. 나처럼 이 녀석도 겁이 나는 거다. 정말이지 겁이 난다. 몸을 가누지 못해 현관문의 버튼조차 제대로 누르지 못하는 선의 아버지를 보고 있자니, 더럭 겁이 난다. 한때는 "사나이는 말이야!"라는 말을 입버릇처럼 달고 살던 남자를 저토록 초라하고 볼품없게 만들어 버린 것, 그 준비물이라는 것이 컥, 숨을 막히게 한다.

이건 준비물이야. 이건 준비물이야. 이건 준비물이야.

아빠는 자꾸 곤두박질치는 내 성적을 확인한 뒤에도 매달 어김없이 내게 호프 회원비가 든 봉투를 넘겨주며 늘 똑같은 말을 되풀이했다. "*이건 준비물이야. 이건 준비물이야. 이건 준비물이야.*" 돈봉투를 받아들 때마다 나는 언제나 고개를 푹 숙이고 말이 되어 나오지 못하는 혼잣말을 속으로 되새김질하곤 했다.

'*아니요, 아빠. 아빠보다 내가 나를 훨씬 더 잘 알아요. 준비물 따위 완벽하게 마련한다 해도 어차피 나한테는 무리라고요. 아빠만 모르고 있는 거라고요. 두 배, 세 배, 더 많이, 더 완벽하게 준비물을 마련해도 나는 될 수가 없다고요. 이게 내 한계라고요. 아빠가 원하는 직업, 상위 10퍼센트의 삶을 살아가려면 최소한 상위 10퍼센트 대학에 진학해야 한다고요. 내 성적으로는 어림도 없다고요. 지금 이 성적이 바로 내 한계라고요!*'

아빠에게 호프 회원비를 받아들 때마다 '한계'라는 말이 목까지 치밀어 올라왔다. 하지만 단 한 번도 소리 내어 말할 수 없었다. 아빠는 '한계'라는 말을 이해하고 싶어 하지 않을 테니까. 받아들일 수 없을 테니까. 이미 내 준비물을 마련하느라 너무 많이 인생을 소모해 버렸으니까.

"어휴, 겨우 들어가셨네. 뭐하러 저렇게 술을 마셔?"

선이 주먹으로 땅바닥을 내리친다. 선도 알고 있다. 아버지가 왜 이 늦은 밤까지 몸을 가눌 수 없을 정도로 술을 마셔야 했는지, 누구보다 잘 알고 있다. 일이면 일, 술이면 술, 접대면 접대, 무엇 하나 남보다 뒤쳐져서는 이곳에서 절대로 버텨 낼 수 없다는 것을 누구보다 잘 알고 있다. 알기에 주먹질밖엔 할 수가 없다.

선이 엉덩이를 털고 일어선다. 아버지가 들어간 집 안을 유심히 지켜본다. 이제 얼마 지나지 않아 집 안의 불이 모두 꺼지리라. 선의 아버지가 잠들고 꽤 공부를 잘해 강남에 있는 호프에까지 배우러 다니는 남동생이 돌아오면 저 불은 반드시 꺼지리라.

저 불이 꺼지면 나는 과연 저 어둠 속으로 발을 들여놓을 수 있을까? 현관문에서 안방까지는 열 걸음, 안방 문을 열고 들어가 장롱까지는 세 걸음, 걸음 수까지 세어 가며 선의 집 안으로 들어가 약속한 대로 선이 이불 속 깊이 쑤셔 박혀 있는 돈을 들고 나올 때까지 나는 과연 그 옆에서 버텨 낼 수 있을까?

나도 모르게 바지 주머니 속으로 손이 간다. 미끈거리면서 차가운 스타킹의 감촉이 낯설기만 하다. 여자의 팬티스타킹을 얼굴에 뒤집어쓰게 될 줄이야! 선과 계획했던 대로 선의 집에 들어가 이달 치 선의 호프 회원비를 훔치기 위해 우리는 살색의 팬티스타킹을 샀다. 처음 이 일에 대한 이야기를 하며 선이 먼저 그걸 머리에 뒤집어썼는데 눈, 코, 입이 잔뜩 일그러져 우습기도 했다. 그러나 스타킹을 뒤집어 쓴 선의 눈빛이 그 어느 때보다 진지해서 나는 곧 웃음을 거둬들였다.

"이대로 가다가는 대학에도 못 가고 우리 집은 빈털터리가 될 게 뻔해. 이건 준비물이라고!"

선의 말은 내 안으로 들어와 해피의 털처럼 단단하게 뭉쳐 갔다.

"대학에 들어가지도 못할 바에야 빚더미에 앉기 전에 다른 일을 찾아보는 게 나아. 나중엔 배우고 싶은 걸 배울 수도 없을걸? 내가 다니고 싶은 학원에 다닐 돈도 없어져 버릴 줄 누가 아냐? 넌 진짜 대학 갈 거야?"

선의 물음에 나는 망설이지도 않고 고개를 내저었다. 어차피 내 성적으로 갈 수 있는 상위 대학 따위는 없다. 그럴 바에야 나 역시 하루라도 빨리 내 꿈을 찾아가는 편이 낫다. 엄두도 나지 않는 미래 따위에 투자하다 빈털터리가 될 바에야 이 편이 훨씬 현명하다. 오늘 선의 집을 털고, 내일은 우리 집이다. 그 돈으로 나는 애견미용 학원의 수업료를 치를 생각이다.

나는 마음을 다잡으며 바지 주머니 속에 들어 있는 팬티스타킹을 움켜쥔다. 미끈거려 도무지 익숙해지지 않는 감촉에 익숙해지려 애쓰며 선의 집을 바라본다. 선 역시 무슨 생각을 하는지 도무지 알 수 없는 표정으로 앞만 바라보고 있다.

"그 돈 없어진다고 뭐가 어떻게 되지는 않겠지? 응? 그렇겠지?"

어둠 속에서 선이 나를 바라본다. 나는 그렇게 하면 서서히 내 머릿속을 비집고 들어오기 시작하는 불안을 떨쳐 버릴 수 있기라도 한 것처럼 한 발짝 선에게로 다가간다.

"내일은 우리 집이다!"

마지막 문장에 마침표를 찍듯 나는 힘주어 말한다. 나와 선은 쉽게 꺼지지 않는 거실 불빛을 바라보며 선의 남동생이 돌아오기를 기다린다.

얼마의 시간이 흘렀을까. 무언가가 땅에 질질 끌리는 소리가 들리는가 싶더니 골목 끝에서 선의 남동생이 나타난다. 걸으면서도 졸고 있다. 졸음에 겨워 현관문도 잘 열지 못한다. 그 뒷모습에 선의 아버지의 뒷모습이 겹쳐진다. 구십 도로 인사를 하느라 등이 굽어 버린 우리 아빠의 뒷모습이 겹쳐진다. 어쩌면 나도 저런 뒷모습을 가지게 되지 않을까? 십 년 뒤, 이십 년 뒤의 내 뒷모습을 미리 본 것만 같아 더럭 겁이 난다. 내 중년의 모습이 겹쳐지는 것만 같아 컥, 숨이 막힌다.

찰칵, 소리가 들려오는가 싶더니, 아주 잠깐 현관문이 열렸다가 닫힌다. 선의 남동생이 집 안으로 들어가고 드디어 불이 꺼졌다. 거실이며 안방 불까지 전부.

어둠 속에서 숨죽이고 서 있는 선을 향해 나는 바짝 다가선다. 바지 주머니 속에 들어 있는 팬티스타킹을 꺼낸다. 신호라도 한 듯 선이 먼저 팬티스타킹을 뒤집어쓴다.

'그래, 이건 준비물이야!'

어둠 속으로 한 걸음 나아간다. 저기 불 꺼져 있는 선의 집이 내 미래만큼이나 멀게 느껴진다.

이제 막 내 옆으로 온 아이에게

대체 누가 나를 깨웠니? 너? 아니면 너야? 너니?

빠르게 주위를 훑어봤어. 교복 입은 아이들, 줄 맞춰 앉아 있는 아이들의 얼굴에 역력히 드러난 긴장감. 살짝만 건드려도 빵, 터져 버릴까, 감히 누구도 드러내지 못하는 불만과 두려움, 그러나 뭐 내 눈에는 다 보이는걸? 다들 입 꼭 다물고 있어도 곧 터지기 직전의 풍선처럼 부풀어 올라 있잖아? 어차피 터질 거잖아? 대체 뭐야? 이 분위기 어쩜 좋니? 쳇, 너무 뻔한걸?

웃음이 터져 나오지 뭐야. 이런 몸으로 웃을 수 있다면 말이야. 뭐 아무튼 이런 느낌, 너무 싫다. 진저리 쳐진다는 말의 뜻을 나보다 더 잘 아는 사람이 있을까? 오래도록 벼르고 별러 작정하고 유명한 갈비집에 갔는데 주문한 갈비가 나오자마자 어딘가로 끌려온 듯한 기분? 지금 내 기분이 꼭 그래.

대체 누가 나를 깨운 거야? 거기 단발머리니? 아니면 이런 데까지 오면서 교복 조끼까지 맞춰 입고 온 너니? 너도 아니면 그럼 노랑머리, 바로 너? 나는 부러 더 화난 표정을 지으며 내 옆의 노랑머리를 째려봤지. 내가 얼마나 기분 나쁜지, 얼마나 화가 났는지 노랑머리가 단번에 알아챌 수 있도록 말이야. 어차피 노랑머리야 내가 화가 났든 말든 상관하지 않겠지만 뭐. 내 표정 따위, 누가 신경이나 쓰겠니?

"앗! 미안."

노랑머리가 화들짝 놀라지 뭐야. 이 남자애는 뭐가 그렇게 미안한지 엉덩이까지 들어 올리며 옆으로 물러나 앉더라. 나는 더 깜짝 놀랐어. 생각해 봐. 내가 놀라는 건 너무 당연하잖아? 설마, 설마하면서도 나는 노랑머리 남자애한테 말했어.

괜찮아.

그랬더니 세상에! 나한테 그러는 거야.

"진짜 미안해. 일부러 만지려고 그런 건 아니야. 어떻게 하다 보니……."

그러면서 머리를 긁적거리는데 꽤 귀엽더라니까. 후후. 어느새 내 입가엔 미소가 어렸지. 미소라는 거, 꽤 근사한 느낌이구나, 생각하는데 갑자기 까맣게 잊고 있던 감각들이 되살아나기 시작했어. 미소 지을 때면 입가에 번지던 따듯함이라든지 누군가 나를 바라봐 줄 때의 떨림 같은 것들 말이야. 그 순간 무채색이던 주변이 꽃처럼 확 피어올랐어. 이 배를 뒤덮고 있는 흰색과 갈색 너머 저 창밖의 푸른색까지, 진짜 살아 있는 색들이 나를 향해 달려왔어. 두 눈 가득 쏟아져 들어오는 바다의 푸른빛이 어찌나 생생한지 나는 앗, 비명을 내질렀지 뭐야.

그래서 무슨 일이 벌어졌냐고?

후후. 글쎄 내 옆에 있던 노랑머리가 기다렸다는 듯이 팔을 뻗어 내 어깨를 감쌌어. 나는 지그시 눈을 감은 채로 가만히 숨죽였어. 눈을 뜨면 모든 것이 사라져 버릴 테니까. 그 순간, 내 어깨를 감싸 안은 손에서 전해져 오는 온기와 나를 바라보는 눈빛에 서려 있던 다정함 같은 것들 모두 사라져 버릴 테니까.

하나, 둘, 셋, 넷, 다섯.

가만히 눈을 떴어.

"괜찮아?"

여전히 노랑머리는 나를 보고 있었어. 내 어깨를 꽉 감싸 안은 채 말이야. 어떻게 이런 일이 있을 수 있지? 나도 모르게 노랑머리의 손을 꽉 붙잡아 버렸지 뭐야.

선내에 계신 위치에서 움직이지 마시오!

이런 걸 타이밍이라고 하는 거니? 내가 먼저 노랑머리의 손을
잡아 놓고는 실수라고 딱 잡아떼야지, 하는데 폭탄이 터진 거야.
내 말을 못 믿겠다고? 정말이라니까. 쾅, 하는 소리가 나면서 배가
기울었다고. 폭탄이 아니면 어떻게 이런 큰 배가 기울 수 있겠니?

선내에 계신 위치에서 움직이지 마시오!
선내에 계신 위치에서 움직이지 마시오!
선내에 계신 위치에서 움직이지 마시오!

방송은 계속해서 똑같은 말만 되풀이했어. 이렇게 여러 번 떠들
어 대면 세 살짜리 애들도 알아들을 텐데 내 옆에 노랑머리는 말
귀를 못 알아듣는 거 있지? 움직이지 말라니까 갑자기 벌떡 일어
나는 거야. 줄 맞춰 앉아 있는 아이들 사이를 뛰어다니더니 한다
는 소리가 글쎄 "배가 침몰하고 있어!"였다니까.
노랑머리의 말 한마디에 배 안은 아수라장이 되어 버렸어.
"배가 침몰한다니까!"
"이러나 죽는 거 아니!"
"일단 나가자!"

아이들이란 정말이지, 구제불능이지 뭐야. 잘 알지도 못하면서 배가 침몰한다니. 죽을 거라니. 여기 있는 애들 중에 과연 죽음이 뭔지 아는 애가 있기나 한 걸까? 물론 겁을 집어먹을 수도 있어. 그렇다고 마구 날뛰는 건 정말 아니지. 미친 듯이 날뛰다가는 배가 침몰하기도 전에 다 같이 죽어 버릴 걸? 그제야 난 정확하게 알 수 있었어. 누가 나를 깨웠는지 말이야. 역시 노랑머리였어. 노랗게 염색한 걸 봤을 때부터 알아봤어야 하는 건데 말이야. 정해진 규정을 따르지 않고 학교 규정에 어긋나는 짓거리만 하는 애들, 그런 애들을 나는 너무나도 잘 알고 있거든. 그런 애들이 다른 사람을 얼마나 위험하게 만드는지 말이야. 물론 모범생인 척하는 애들 중에도 위험한 애들은 많아. 겉으로는 아닌 척, 협조하는 척, 잘 따르는 척, 참을성 있게 기다리는 척하지만 조금의 위협이라도 느껴지면 자기 살 궁리만 하는 종자들, 규율이나 규칙은 언제든 발로 차 버릴 수 있는 종자들. 맞아. 노랑머리가 바로 그런 종자였던 거야.

"일단 우리도 앞으로 가자."

노랑머리가 내 손을 잡아끌었어. 난 앉은 자리에서 꼼짝도 하지 않았지. 난 노랑머리 같은 애들이 날뛰면 어떻게 되는지 누구보다 잘 알고 있으니까. 선생님들 역시 꼼짝도 하지 않았어. 이런 때일수록 질서를 지켜야 하는 것 아니니?

"뭐해? 빨리 나가자니까!"

벌써 몇몇의 아이들은 탈출을 한답시고 선체 앞으로 몰려 나갔어. 노랑머리는 뛰쳐나가는 아이들을 쳐다보며 내 손을 자꾸 잡아 끌었어. 난 들은 척도 하지 않았지. 창밖만 내다봤어. 저 멀리에서 헬기가 날아오고 있었어. 미쳐 날뛰는 대신 얌전히 자기 자리에 앉아 지시를 기다리던 아이들 모두 안도의 한숨을 내쉬었지. 누군가는 "살았다!"라며 가슴을 쓸어내렸어. 그제야 노랑머리도 내 옆에 다시 자리를 잡고 앉더라.

"아무래도 이상해."

노랑머리는 초조해하며 여전히 주위를 두리번거렸어.

"헬기가 도착했는데 안으로 들어오는 사람은 아무도 없잖아? 뭔가 이상하지 않아?"

노랑머리가 창밖을 가리켰어. 내 눈엔 선실 밖으로 나온 승객들을 헬기에 태우는 구조대원들의 모습만 보였어. 헬기는 승객들을 태우고 날아올랐어. 안전한 곳에 내려놓고 다시 올 게 뻔하잖아? 대체 뭐가 이상하다는 거야?

나는 노랑머리의 눈을 똑바로 들여다봤어. 불안과 두려움이 묘하게 뒤섞여 어느새 불신으로 가득 차 버린 눈. 그제야 나는 내가 왜 이곳에 있는지 깨달았지. 나는 노랑머리의 손을 꽉 쥐었어. 가만히 속삭였어. 내 목소리는 나직했지만 확신에 차 있었어.

움직이지 마. 가만히 있어. 얌전히 내 옆에만 있어.

그러자 멀리에서 가까이에서 소리 없는 수많은 아우성들이 나를 휘감기 시작했단다.

연기 속에서 소리만이 살아 움직인다. 여자인지 남자인지 소녀인지 소년인지 분간할 수 없다. 부끄러움도 사라지고 형체도 사라지고 오직 소리만이 살아 움직이며 우리를 이끈다. 뛰어! 어서 뛰어내려! 남자의 목소리. 다급하다. 못 해! 밀지 마, 제발! 여자의 목소리. 아악! 뒤이어 들려온 비명소리, 허공으로 사라지는 비명소리. 또 한 소녀가 연기 속에서 허공으로 내동댕이쳐진다. 이쪽으로! 저쪽이야! 비상구를 찾아 우르르 몰려가는 사람들. 너무 뜨거워 데일 것만 같은 손 하나가 연기 속에서 불쑥 튀어나와 내 손을 잡아끈다. 생(生)이라는 출구를 찾아 밀치고 부딪치며 뛰어간다. 누가 먼저 그 계단에 첫 발을 내려놓았는지, 아무도 모른다. 누가 앞서 나갔고 누가 뒤쫓아 따라갔는지, 아무도 모른다. 오직 소리만이 우리를 이끈다. 불이야! 연기 속에서 생이라는 출구를 찾아 너를 밀치고 너를 뛰어넘었으나 출구는 봉쇄된다. 1층으로 통하는 계단은 한 마리 커다란 뱀. 불꽃을 낼름거리며 빠른 속도로 기어 올라오는 뱀. 누군가 뱀을 향해 덤벼든다. 아악! 살이 타는 소리. 지지직 소리를 내며 불 속에서 한 생이 바싹 오그라드는 소리. 불뱀이 살아 펄떡거리는 생을 휘감고 생명을 빨아들이는 소리가 천지에 가득하다. 이쪽으로! 저

쪽이야! 다시 생이라는 출구를 찾아 밀치고 부딪치며 뛰어간다. 도망쳐 왔던 곳으로 다시 뛰어가 소리친다. 제발 뛰어! 제발! 연기 속에서 소년들은 연인을 살리기 위해 소리친다. 살라고 연인을 창밖으로 내던진다. 1층에서부터 뛰어 올라온 불길이 실내를 집어삼킨다. 이제 출구는 없다. 너무 뜨거워 데일 것만 같은 손 하나가 연기 속에서 불쑥 튀어나와 내 손을 잡아끈다. 싫어! 싫어! 싫어! 숱한 시간 속을 헤매어도 떨쳐내지 못할 말, 나를 붙들어 메어 버릴 그 말, 싫어! 싫어! 싫어! 이제 나는 저 손에 의해 창밖의 허공으로 던져지리라. 불신이 나를 집어삼킨다. 너무 뜨거워 데일 것만 같은 손 하나가 나를 움켜쥔다. 허방이라는 생을 뒤로하고 연기 속으로 불 속으로 나를 끌고 들어가는 손을 나는 물어뜯는다. 너무 뜨거워 데일 것만 같은 손은 그래도 나를 놓아주지 않는다. 거부할 수 없는 힘으로 나를 구석에 밀어 넣고 호프집 의자로 내리누른다. 연기 속에서 정신을 잃어가면서도 나는 소리친다. 살려 줘. 살려 줘. 불속에서 타들어가면서도 너무 뜨거워 데일 것만 같은 손은 거부할 수 없는 힘으로 나를 부둥켜안고 속삭인다. 움직이지 마. 가만히 있어. 얌전히 내 옆에만 있어.

움직이지 마. 가만히 있어. 얌전히 내 옆에만 있어.
노랑머리도 이제는 내 말을 알아들은 것 같았지. 아주 잠깐 "갑판에 있는 애들은 어떻게 됐을까?" 혼잣말 하듯 고개를 갸웃거리기는 했지만 뭐 아주 잠깐이었어. 노랑머리도 우리 주변에 있는 다른 애들처럼 핸드폰을 들여다봤지.

"이것 좀 봐. 진도 부근 해상 500명 탄 여객선 조난 신고…… 배가 침몰한다고 신고했다는 이 애가 나랑 제일 친한 애라니까. 너 혹시 얘 아냐?"

노랑머리도 참. 내가 같은 학교 친구라고 생각하더라니까. 난 시치미 뚝 뗐지. 학교 친구 얘기를 더 하면 어떻게 하나, 걱정하는데 갑자기 노랑머리 핸드폰이 이상해진 거야. 인터넷 연결이 끊어져 버린 거지.

"이거 왜 이래? 인터넷이 안 돼."

"전화도 안 터져!"

"어, 어, 어, 이거 진짜 이상한데? 점점 더 기울어지는 거 같지 않냐?"

"지금이라도 갑판으로 나가야 되는 거 아냐?"

아이들이란 정말이지, 구제불능이지 뭐야. 고작해야 핸드폰 좀 안 되는 걸 가지고 다시 웅성거리더라니까. 어떤 애는 이제라도 구명조끼를 찾아 입겠다고 난리를 쳤어. 난 슬며시 고개를 돌려 밖을 내다봤지. 어느새 해경 경비함들이 몰려와 있었어. 그런데 밖으로 나간 사람은 아무도 없지 뭐야. 갑판으로 나간 아이들은 어떻게 된 걸까, 나도 노랑머리처럼 고개를 갸웃거렸어.

그때였어.

방송을 타고 선장의 목소리가 들려오기 시작하더라.

선내에 계신 위치에서 움직이지 마시오!

밖을 기웃거리던 선생님들도 다시 제자리로 돌아와 아이들에게 지시했지. 현재 위치에서 가만히 기다리라고. 밖에선 선원들이 해경 경비함에 올라타고 있었어. 이제 진짜 차례대로 밖으로 나가게 해 줄 건가 봐, 생각하니 마음이 놓이더라고.

얼마의 시간이 흘렀을까. 기다리라는 안내방송이 나온 뒤로 다른 방송은 안 해 주는 거야. 묵묵히 지시만 기다리던 선생님들도 우두커니 핸드폰만 들여다보던 아이들도 이제는 드러내 놓고 초조해하기 시작했어.

"대체 언제까지 기다리고만 있으라는 거야?"

누군가 버럭 소리를 질렀어. 노랑머리가 내 손을 움켜쥐었어.

"나가자!"

난 들은 척도 하지 않았지. 몇 백 명의 사람들이 한꺼번에 움직이기 시작하면 대체 무슨 일이 벌어질까? 생각만 해도 아찔했어. 나는 노트에 꾹꾹 힘주어 글자를 눌러쓰듯 노랑머리에게 말했지

여러 사람이 다 같이 지키기로 약속한 법칙, 그게 바로 규칙이

야. 규칙이 지켜지기 때문에 안정을 유지할 수 있고, 공동체의 분위기를 탁하지 않게 유지할 수 있는 거야.

노랑머리는 이제 내 말 따위 듣고 있지 않았어. 작고 여린 아이들이 노랑머리의 두 눈을 가득 채워 버렸거든. 작은 사내아이가 더 작은 여자아이에게 구명조끼를 벗어 입혀 주고 있었어. 순간, 통증이 전해져 왔어. 누군가 끝이 날카로운 쇠꼬챙이로 가슴을 찌르는 것만 같았지. 나는 고개를 돌려 버렸어.

그때였어. 커튼이 매달려 있는 창문이 천장인 듯 솟아오른 거야. "아악." 비명소리가 들려왔어. 이제는 누가 먼저랄 것도 없이 뛰기 시작했어. 밀치고 부딪치고 울부짖으며 출구를 향해 뛰는 사람들 사이에서 데일 듯 뜨거운 손 하나가 튀어나와 나를 붙들었어. 노랑머리의 손, 나를 깨운 손, 그 손은 뜨거웠고 힘이 세었어. 배가 90도 가까이 기울어 좌현이 물에 침수되고, 공포에 질린 여자애들이 울음을 터뜨리고, 우현까지 물에 잠기기 시작하는데도 노랑머리는 내 손을 놓지 않았어. 이제 배의 우현마저 완전히 물에 잠기려 하고 있었어. 벌써 수십 명의 아이들이 난간에 매달려 있었어. 노랑머리가 내 허리를 와락 끌어안았어. 있는 힘껏 나를 껴안고 들어 올리려는데 누군가 소리쳤어.

"아기 좀 받아주세요! 아기요, 아기!"

배는 완전히 물에 잠기려 하고 있었어. 살려 주세요, 살려 주세요, 아우성과 울부짖음을 뒤로하고 선장과 선원들은 구조정에 올랐어. 어떤 애들은 이미 바다로 뛰어들어 구조를 기다리고 있었고, 난간 안쪽에 있던 수십 명의 아이들이 미끄러지고 있었어.

"아기요, 아기!"

내 허리를 껴안고 있던 노랑머리의 손에서 힘이 빠져나갔어. 곧이어 노랑머리가 아기를 위로 들어 올렸어. 누군가 아기를 받아들었는데, 그 사람이 누군지 나는 기억나지 않아. 벌써 노랑머리가 나를 들어 올렸으니까. 나는 불쑥 생으로 들어 올려져 물속에 잠겨가는 노랑머리를 바라봤어. 노랑머리도 나를 올려다봤어. 하염없이 나만 바라보고 있었어. 노랑머리 뒤로 물속에 잠겨 죽어 가는 사람들이 보였는데 노랑머리는 그 속으로 끌려 들어가며 내게 말했어.

"넌…… 꼭…… 살아야…… 돼…… 살아…….."

그제야 나는 내가 누군지 깨달아 버렸지 뭐야.

넌…… 꼭…… 살아야…… 돼…… 살아…… 끊임없이 속삭인다. 너무 뜨거워 데일 것만 같았던 손은 나를 의자 속에 가두고 저 혼자 타들어 간다. 입고 있던 잠바에 물을 묻혀 나를 가둔 의자를 덮어씌우고 저 혼자 타들어 간다. 넌…… 꼭…… 살아야…… 돼…… 살아…… 타들어 가며 나더러 혼자 살라고 한다. 사랑해…… 사랑…… 해……

사…… 랑해…… 사…… 랑…… 해……. 그의 목소리가 희미해져 간
다. 숨이 다할 때까지 사랑해…… 사랑…… 해…… 사…… 랑해……
사…… 랑…… 해…… 연기에 질식해 죽어가며 넌…… 꼭…… 살아
야…… 돼…… 살아…… 가까이에서 멀리에서 들려오는 속삭임 속에서
나는 정신을 잃는다. 다시 깨어났을 때 나는 철저히 혼자다. 그 불 속에
서 나만 살아남는다. 그 연기 속에서 나만 살아남는다. 더러는 기적이라
했고, 더러는 희망이라 했지만 내게는 아무것도 남지 않는다. 아무것도
보이지 않고 아무 소리도 들리지 않는다. 오직 사랑해……사랑……
해…… 사…… 랑해…… 사…… 랑…… 해…… 나를 감싸 안고 죽어
가던 목소리만이 들려온다. 나도 사랑해…… 사랑…… 해…… 사……
랑해…… 사…… 랑…… 해……. 나는 잘 벼른 칼 하나로 손목을 긋
는다. 손목을 그은 자리에서 방울져 피어 올라오는 피가 방바닥을 적
신다. 저 피가 다 마르기 전에 너무 뜨거워 데일 것만 같은 손이 다시 나
를 감싸 안아 줄 그곳으로 가기를.

　　노랑머리의 손에서 서서히 힘이 빠져나갔어. 나는 어떻게든 노
랑머리의 손을 잡아 보려고 했지만 이미 내 손은 아무 것도 붙들
수가 없었어. 내가 누군지 알아 버렸으니까. 왜 좀 더 일찍 알아채
지 못했을까. 선내에 계신 위치에서 움직이지 마시오! 선내에 계
신 위치에서 움직이지 마시오! 같은 말만 되풀이 되고 있을 때 그

때 알았더라면…… 갑판에 있던 아이들 대신 선원들이 먼저 헬기에 먼저 올라탔을 때, 작은 사내아이가 제 동생에게 구명조끼를 입혀 주고 있을 때, 아니 노랑머리가 나가자며 내 손을 붙들었을 때, 그때 내가 누구였는지 알아챘더라면…… 그랬더라면 노랑머리는 저 출구 없는 허방 속으로 빨려 들어가지 않았을 거야.

내가 누구냐고?

아이야, 뒤를 돌아보렴. 네 눈에도 저들이 보이지? 언제 저렇게 많이 모여들었냐고? 왜 다들 이상하냐고? 글쎄, 다들 왜 저렇게 이상한 모습을 하고 있는 걸까? 살점이 타들어 가고 다리가 부러지고 팔 하나가 없고 입술이 일그러지고 눈이 있어야 할 자리에 검게 흔적만 남은 이들, 저들이 바로 나란다. 이 손목에 상처가 보이니? 1999년 10월 30일 인천 호프집 화재에서 살아남은 유일한 소녀, 살아남아 한 달 뒤 손목을 긋고 자살한 소녀, 그 소녀가 바로 나야. 저들이 바로 나야. 어느새 몰려와 우우우우 소리 없는 울부짖음으로 죽어 저 배를 뚫고 나오는 소년, 소녀들을 맞이하고 있는 저들이 바로 나란다.

아이야. 덜덜 떨며 내 팔을 붙들고 있는 아이야. 세 살배기 같기도 하고, 소년 같기도 하고, 소녀 같기도 하고, 사랑을 아는 남자 같기도 하고, 아이를 여러 명 출산한 여인 같기도 한 아이야. 너는 어디에서 왔니? 1993년 3월 경부선 구포역 탈선 사고, 7월 아시

아나 항공기 추락, 10월 위도 서해 페리호 침몰, 1994년 10월 성수대교 붕괴, 충북 충주호 유람선 화재, 1995년 4월 대구 지하철 공사장 가스폭발, 6월 삼풍백화점 붕괴, 2003년 2월 대구 지하철 화재, 6월 씨랜드 화재, 2008년 1월 경기도 이천 물류센터 폭발, 2009년 11월 부산 실내사격장 화재, 2013년 7월 태안 해병대 캠프 사고, 2014년 2월 경주 마우나리조트 붕괴, 아니면 2014년 4월 16일, 오늘 이 침몰해 가는 세월호에서 방금 죽어 저 지옥을 빠져 나온 그 누구인 거니?

아이야. 무섭게 떨고 있구나. 네가 누구인지 도무지 모르겠다고? 네가 어디에서 왔는지 아무리 생각해도 모르겠다고? 그래, 나도 그랬단다. 저기 침몰해가는 배 안에 갇혀 생으로 통하는 출구를 찾고 있는 저 아이들도 이제 곧 우리처럼 묻게 될 거야. 누가 우리를 이렇게 만들었냐고, 묻고 또 묻게 될 거야. 그 화재 현장에서 살아남아 나는 바들바들 떨었어. 불신과 분노가 나를 휘감고 놔주지 않았어. 처음부터 출구는 없었어. 호프집 주인은 돈 몇 푼 더 벌겠다고 학생들에게 술을 팔았고, 학생들이 돈 안내고 도망갈까 문을 잠궈 두었다더라. 도망갈 출구도 없는 곳에 갇혀 우린 아무것도 모른 채 웃고 떠들고 사랑을 속삭였던 셈이지. 불 속에서 연기 속에서 타들어 가며 질식해 가면서도 우린 출구가 있다고 믿었어. 어떻게 그런 일이 가능하냐고? 그래, 어떻게 이런 일들이 가능한 걸까? 어떻게 이런 일들이 계속 되풀이되는 걸까?

아이야! 아이야! 제가 누군지, 어디에서 왔는지, 누가 만들었는지도 알지 못하는 아이야! 봐! 완전히 물에 잠겼어. 대기하라는 지시를 충실하게 지켰던 아이들만 물속에 잠겨 죽어 가고 있어. 아이야, 떨지만 말고 어서 내 손을 잡아. 얼른 가 보자. 우리도 저들에게로 가서 함께 저 아이들을 맞아 주자. 네 눈에도 보이지? 지금 죽어 저 배를 뚫고 나오는 저 아이들이 보이지? 우-우-우-우! 노랑머리야! 우-우-우-우! 내 어깨를 감싸 안아 준 노랑머리야! 이제 그만 거기서 나와! 어서 나와! 아이야, 너도 노랑머리를 소리쳐 불러 줘. 우-우-우-우! 우-우-우-우! 제발 소리 없는 울음이라도 내 보렴. 언제까지 울어야 하느냐고? 나도 몰라. 어쩌면 나는 다시 태어나기를 수백, 수천 번 되풀이해야 할지도 몰라. 내 손을 잡아 줬던, 너무 뜨거워 데일 것 같던 그 손, 내 허리를 와락 껴안아 내게 출구를 찾아 주려 했던 손들을 내가 덥석 잡아 올려 생으로 되돌려 줄 수 있을 때까지 나는 언제까지고 소리 없는 울음을 울어야 할지도 몰라. 수 백, 수천 번 다시 태어날지도 몰라…….

작가의 말

청소년 소설을 쓰다 보니 이런저런 일로 많은 청소년들을 만나게 되었다. 겉으로는 무척이나 밝아 보이는 아이도, 아무 생각 없이 놀기만 하는 것 같은 아이도 어쩜 그렇게 다들 걱정이 많은지. 청소년들과 같이 있다 보면 나도 덩달아 걱정이 많아지곤 했다.

뭘까? 왜 이런 거야?

어쩌다 우리 아이들이 이렇게 걱정쟁이들이 된 거야?

비록 내가 청소년들의 걱정거리들을 해결해 주지는 못하더라도 우리 청소년들이 걱정쟁이가 된 이유라도 알아야 되지 않을까? 나도 한때는 청소년이었으니까, 라는 식의 생각에 기대어 봤자 지금 이 시대를 살아가는 아이들의 마음을 이해하는 데는 아무

도움도 되지 않는다. 그래, 앞으로는 청소년들을 만날 때마다 무조건 물어보자. 귀 기울이자.

지금 너를 가장 힘들 게 하는 고민이 뭐니? 넌 지금 왜 그렇게 불안한 거니?

나는 2008년도부터 청소년 대상의 특강이라든지 강좌, 개인적인 만남이 있을 때마다 내가 미리 작성한 설문지를 돌렸고, 한 해한 해, 해를 거듭할수록 아이들의 고민이 담긴 설문지들은 쌓여만 갔다.

그렇게 청소년 소설집 『단 한 번의 기회』는 내 안에 자리를 잡게 되었다. 이 소설집의 표제작인 「단 한 번의 기회」는 무한 경쟁에 내몰리고 있는 우리 아이들의 불안을, 「신호」는 아직 그 무엇도 결정되어서는 안 되는 청소년 시기에 소위 '스카이'나 '인 서울'로 미래의 삶이 결정되어 버리는 현실 속에서 살아가야만 하는 아이들의 불안을, 「전설」은 매일매일 교실에서 행해지는 학교폭력을 직접 경험하거나 간접 체험하면서 이번에는 혹시 내 차례가 아닐까, 가슴 졸이며 하루하루를 견뎌야만 하는 아이들의 불안을 다루고 있다. 「너의 B」에서는 똑같은 크기의 교실에서 똑같은 디자인의 옷을 입고 똑같은 내용의 교과서로 공부하며 지내다 결국은 자신의 개성을 드러낼 수 있는 유일한 도구라고 할 수 있는 점퍼마저도 개인적 취향으로 결정할 수 없게 되어 버린 사회 속에서

변질되어 가는 아이들의 불안을 그리고 있다. 매달 사교육비로는 엄청난 금액을 지불하지만 정작 아이들의 꿈을 위해서는 한 푼도 지불하지 않는 우리 사회의 모습을 그린 「준비물」과 규율과 규칙만을 강조하느라 우리 아이들로 하여금 스스로 생각하고 스스로 결정하는 주체의식은 감히 생각조차 못 하게 만든 현실을 형상화한 「이제 막 내 옆으로 온 아이에게」 역시 아이들의 내면을 가득 채운 불안에 관해 이야기하고 있다.

그러니까 청소년 소설집 『단 한 번의 기회』는 우리 아이들의 마음속 불안에 관한 이야기이다. 이처럼 이 소설집이 불안에 관한 이야기가 된 이유는 분명했다. 내가 청소년들을 대상으로 실시한 설문조사 결과, 우리 아이들이 걱정쟁이가 된 이유도, 밝고 즐겁게 지내야할 시기에 수많은 고민거리에 휩싸여 우울해해야만 하는 이유도 모두 불안했기 때문이었다.

그렇다면 누가, 무엇이 우리 아이들을 이토록 불안하게 만든 것일까? 나는 어떻게 우리 아이들의 불안을 소설로 형상화할 수 있을까?

청소년들을 만나고, 청소년들의 고민으로 꽉 찬 설문지들을 들여다보면서 나는 턱없이 거대하고 견고한 불안과 맞대면하게 되었고, 청소년 소설집 『단 한 번의 기회』에 수록된 소설들을 집필하기 시작했다. 이 소설들을 집필하며 나는, 청소년 소설집 『단 한 번의 기회』에 수록된 소설들 한 편, 한 편이 청소년들과 어른들의 가슴에 날아가 박히는 화살이 되기를 바랐다. 물음표가 되기를 원했다.

정말 자식을 바꿀 수 있을까?

상위 1퍼센트에 속하는 부모가 상위 1퍼센트에 속하는 자녀를 키우는 것이야말로 강대국이 되는 길일까?

오로지 브레인 칩을 이식한 아이들에게만 문이 열려 있는 사회의 일원이 되기 위해서라면 펄떡펄떡 뛰는 심장마저도 기꺼이 버려야만 할까?

나는 소설이라는 형식을 빌어 내가 날린 이 화살들이 지금 우리 청소년들을 옥죄는 불안의 정체가 단지 청소년들만의 문제는 아님을 확인하는 계기가 되기를 바란다. 내가 날린 이 화살들이 청소년들과 어른들의 가슴에 박혀 좀처럼 사그라들지 않는 물음표로 남기를 바란다.

가슴에 물음표 한 두 개씩 품고 살지 않는다면, 오직 같은 날들만 되풀이되지 않을까?

그곳이 어디이든 사각의 공간에 비슷한 머리 모양과 비슷한 옷차림을 한 사람들과 상품들이 가득한 전시장. 머리 색깔이나 입은 옷외 다양한 디자인으로 서로를 구분하기도 하지만 유행과 브랜드라는 잣대에 스스로를 꿰맞추다 결국 모두가 똑같아지고 마는 규격품의 세상. 매 시간 영화를 상영하지만 어느 곳에 들어가도 똑같은 영화만 상영되는 극장들. 어디를 가든 체인이라는 이름에 걸맞게 똑같은 상호의 똑같은 실내 장식으로 꾸며진 가게들만 사슬처럼 이어져 있는 곳. 어디를 가든 똑같은 재료로 만들어져 똑같은 맛뿐인 음식으로 배를 채우다 입맛마저도 일률적이 되어 버린 사람들이 사는 곳. 이곳에서 살면서 우리 모두가 끝까지 잃지 않고 간직해야 할 물음표 하나!

나는 누구일까?

스쳐지나 가도 좋다. 일초라도 좋다. 『단 한 번의 기회』가 이곳에서 살면서 우리 모두가 끝까지 잃지 않고 간직해야 할 물음표 하나를 떠올리게 할 수만 있다면.

2016년 5월 이명랑